COLLECTION

DE FEU

M. JULES BURAT

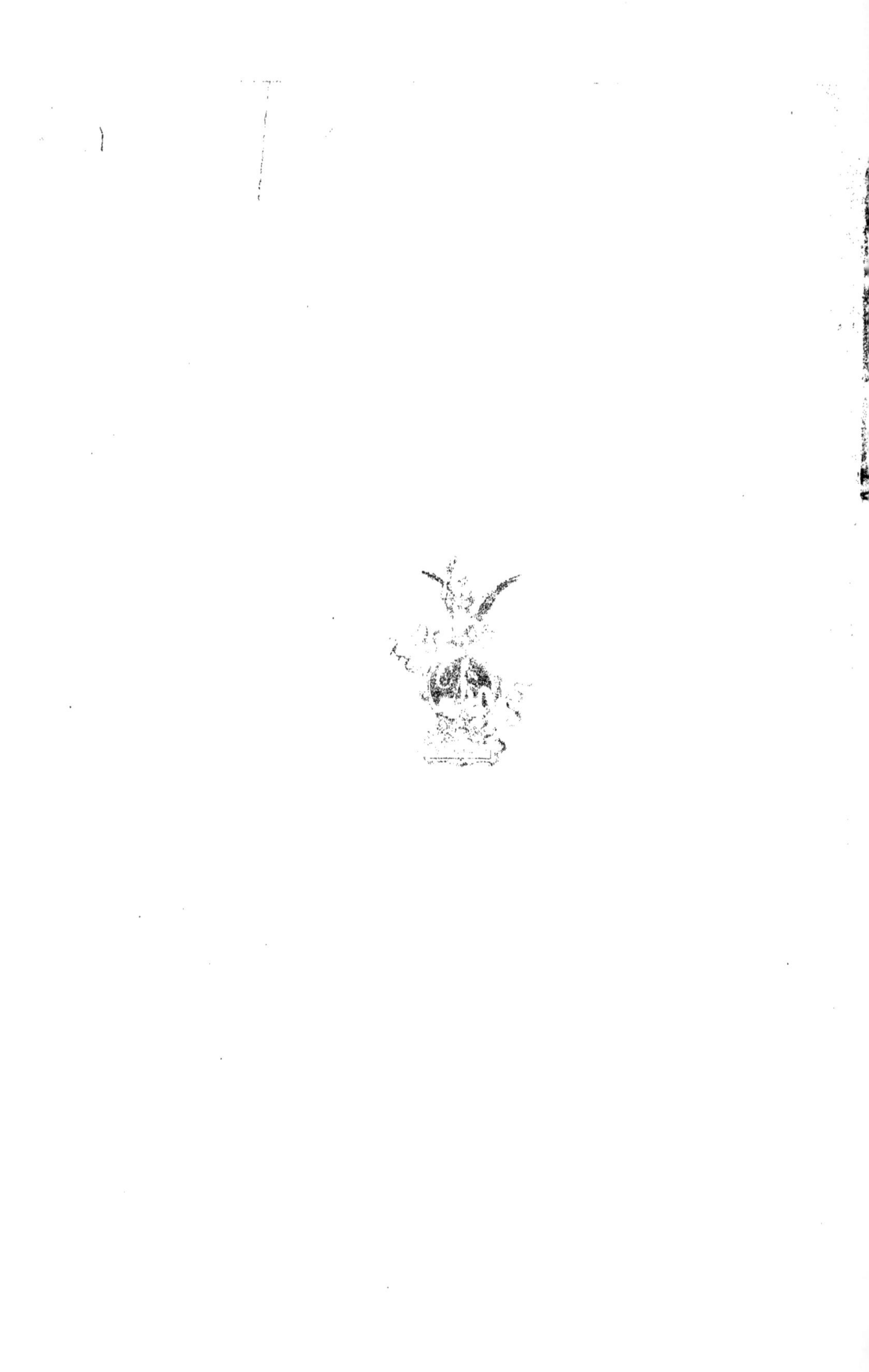

COLLECTION

DE FEU

M. JULES BURAT

PARIS. — IMPRIMERIE DE L'ART

E. MÉNARD ET J. AUGRY, 41, RUE DE LA VICTOIRE

CATALOGUE

DE

TABLEAUX ANCIENS

Des Maîtres français du XVIIIe siècle

MARBRES

TERRES CUITES, BRONZES, ETC.

Formant la Collection de feu

M. JULES BURAT

Dont la vente aura lieu, 8, rue de Sèze

(GALERIE GEORGES PETIT)

Les Mardi 28 et Mercredi 29 Avril 1885

A DEUX HEURES

COMMISSAIRE-PRISEUR

Me PAUL CHEVALLIER, 10, rue de la Grange-Batelière

EXPERTS

POUR LES TABLEAU	POUR LES OBJETS D'ART
M. E. FÉRAL, peintre	M. CH. MANNHEIM
54, rue du Faubourg-Montmartre, 54	7, rue Saint-Georges, 7

Chez lesquels se trouve le présent Catalogue.

EXPOSITIONS

PARTICULIÈRE : Le Dimanche 26 Avril 1885

PUBLIQUE : Le Lundi 27 Avril 1885

DE UNE HEURE A CINQ HEURES

CONDITIONS DE LA VENTE

Elle sera faite au comptant.

Les adjudicataires payeront *cinq pour cent* en sus des enchères.

L'exposition mettant le public à même de se rendre compte de l'état des objets, aucune réclamation ne sera admise une fois l'adjudication prononcée.

Paris — Imprimerie de l'Art. E. Ménard et J. Augry, 11, rue de la Victoire.

COLLECTION DE M. JULES BURAT

ANS manquer de respect aux maitres divins qui enveloppent un grand sentiment dans un grand style, M. Jules Burat faisait profession de croire qu'il y a dans le ciel de l'art des astres mineurs et de petites étoiles et il n'a jamais cherché l'introuvable. Absolument résolu à ne point se lancer à la poursuite des chimères, il bornait ses ambitions : comme M. Lacaze, dont il fut l'ami et quelquefois le rival, il recueillait avec une ardeur éclairée et patiente les œuvres des peintres que la critique hautaine refuse de classer au premier rang, bien qu'ils aient eu beaucoup d'esprit et qu'ils aient demandé à la couleur tout son sourire. Ainsi que l'a si justement dit M. le colonel Laussedat dans le discours qu'il a prononcé sur sa tombe, M. Burat était « un sage ». Professeur au Conservatoire des Arts et Métiers, il a vécu dans les sévérités de la science; il estimait qu'un Fragonard authentique vaut mieux qu'un faux Corrège, et il n'a jamais consenti à avoir pour l'erreur les égards et les dévotions que lui témoignent tant d'amateurs heureux et trompés.

La collection de M. Burat était bien connue des Parisiens. Lorsqu'une exposition de tableaux anciens s'organisait dans un but d'enseignement ou de charité, ce n'est pas en vain qu'on venait frapper à sa porte. Au boulevard des Italiens, en 1860, et plus récemment à l'École des Beaux-Arts et dans les salons de la rue de Sèze, nous avions pu voir quelques-unes des œuvres réunies par l'intelligent amateur. Ces expositions nous avaient en même temps permis d'apprécier le caractère à la fois limité et choisi de la collection de M. Burat. Nulle prétention à l'universalité, nul désir d'arriver au groupement des écoles incohérentes. Sauf un beau Canaletti et deux ou trois autres tableaux, la galerie de l'ancien professeur ne comprenait que des œuvres d'origine française.

Assurément on ne trouvait pas chez M. Jules Burat une histoire complète de notre école. Comment un simple amateur aurait-il pu en réunir les éléments épars, alors que le Louvre lui-même présente à ce point de vue tant de regrettables insuffisances ? Et cependant un curieux pourrait prendre dans la collection qui va être dispersée bien des notes précieuses pour écrire cette histoire encore si mal connue. La série des maîtres auxquels M. Burat avait ouvert sa galerie commence sous Louis XIII avec Simon Vouet ; elle groupe, en un concert harmonieux, les charmeurs de l'époque brillante, le xviiie siècle ; elle se continue jusqu'à David et à Gros et presque jusqu'aux modernes.

Dans la revue rapide et nécessairement très incomplète que nous voudrions faire à propos de la collection de M. Burat, nous ne nous arrêterons que devant les œuvres significatives, soit qu'elles aient la séduction victorieuse, soit qu'elles présentent une curiosité historique. Dans cette dernière catégorie, il en est plusieurs qui nous intéressent, car l'occasion ne doit jamais être négligée d'apprendre quelque chose. Il est inutile d'ajouter qu'une visite chez M. Burat implique les libres allures d'un sentiment personnel. Nous respectons infiniment les opinions des voisins, mais c'est la nôtre que nous donnons.

A la mort de Louis XIV, deux maîtres, Jouvenet et Charles de Lafosse, restaient debout pour représenter les ambitions de l'idéal qui allait être abrogé. M. Burat a pu se procurer des œuvres intéressantes de ces deux peintres dont on sait la vaillance. Jouvenet a beaucoup cherché la couleur. On trouvera dans le *Christ descendu de la croix*, composition absolument différente de celle qu'on admire au Louvre, un excellent type de la manière que l'artiste normand avait adoptée pour les tableaux de dimension restreinte qu'il destinait aux oratoires particuliers. Quant à Charles de Lafosse, c'est surtout comme décorateur qu'il a brillé dans l'école française. Sa verve, pour se dépenser librement, réclamait de vastes espaces ; il était, à l'heure où Lemoyne s'essayait à peine, le peintre des coupoles et des plafonds. Deux œuvres célèbres disent, chez M. Burat, combien l'imagination de Lafosse était savante au remuement tumultueux des grands spectacles. L'une est l'*Apothéose de saint Louis*, esquisse terminée de la composition luxueuse dont il a enrichi le dôme des Invalides ; l'autre est l'*Assomption de la Vierge*, une esquisse encore, mais spirituellement achevée, de la peinture qui décorait le plafond de la chapelle de Choisy-le-Roi. L'auteur du *Voyage pittoresque des environs de Paris*, Dargenville, n'a pas manqué de dire un mot de cette fête céleste qui, au lendemain d'un souper, éveillait chez Louis XV et chez Mme de Pompadour de si édifiantes dévotions. Comme souvenir d'une œuvre perdue, la belle esquisse de Lafosse devrait trouver place dans un musée.

François Lemoyne, qui ouvre le xviiie siècle, fut, lui aussi, un décorateur éminent. Pendant toute la période dont il marque le début, il a exercé une influence considérable, car il est le maître de Boucher et de beaucoup d'adorateurs des tons roses. Ce vaillant homme, qui serait absent du Louvre si l'intelligente donation de M. Lacaze ne lui en avait ménagé les entrées, est représenté chez M. Burat par un morceau dont il est à peine besoin de signaler l'importance historique. On sait que Lemoyne avait peint l'*Assomption de la Vierge* dans la coupole de la chapelle absidale de Saint-Sulpice. C'était un des chefs-d'œuvre du maitre. Cette peinture, restaurée et refaite en partie à la suite de l'incendie de la foire Saint-Germain, sottement traversée par un obus en une nuit de janvier 1871, réparée une fois encore, n'a pas cessé d'exister, mais elle n'est plus tout à fait pareille à l'édition princeps que Lemoyne en avait donnée. Un connaisseur émérite du xviii° siècle, Randon de Boisset, receveur-général des finances, s'était fait honneur en plaçant dans son cabinet de la rue Neuve-des-Capucines l'esquisse originale du plafond de Lemoyne. Vendu en 1777 avec les richesses du financier qui fut l'ami de Boucher et de Greuze, ce précieux morceau avait été perdu de vue au moment fatal où les productions de l'école française se morfondaient dans le mépris public. M. Burat l'a retrouvé. L'ingéniosité décorative de Lemoyne éclate dans cette esquisse, où l'on apprend ce qu'était l'œuvre primitive avant les calamités dont on vient de rappeler le souvenir.

Les flâneurs qui font leur éducation en regardant sur les quais les vieilles estampes ont bien souvent le regret de n'avoir jamais vu les tableaux qu'ont reproduits les habiles burinistes d'autrefois. Tout le monde connaît par la gravure une composition de Jean-François de Troy, *Suzanne entre les vieillards*. Où donc était la peinture originale ? On l'ignorait, et on la cherchait vainement dans les musées de province. Habile à mettre la main sur les choses égarées, M. Burat avait saisi au passage cette peinture et celle qui lui sert de pendant, *Loth et ses filles*. J. F. de Troy, vieilli, dirigeait l'École de Rome : il allait mourir quand, en 1750, il imagina d'exposer ces deux tableaux au Salon pour prouver qu'il était encore de ce monde. En réalité, la *Suzanne* est datée de 1727 ; le pendant est à peu près de la même époque, et les deux œuvres disent bien que Jean-François de Troy avait surtout étudié l'art de plaire. Nous ne donnons pas ces tableaux pour des modèles de sérieux : il semble néanmoins que l'auteur n'a pas regardé sans profit les peintures de son contemporain Raoux. Dans *Loth et ses filles*, il y a un jeune visage de femme qui s'éclaire doucement sous la fine transparence des reflets.

On a déjà vu, à l'Exposition de l'*Art du XVIII° siècle*, le *Glorieux*, de Watteau, personnage de la comédie italienne qui promène dans la campagne son habit rayé de rose : le comte de Caylus l'a gravé au trait. On connaît moins le *Mezzetin* et le *Scapin*, bons compagnons qui, lassés de la vie de théâtre, sont couchés sur l'herbe et gardent des moutons et des vaches. On avait oublié la *Fileuse*, paysanne en caraco rouge, en robe bleue, qui marche en tenant sa quenouille à la main. On se rappelle l'estampe que B. Audran a faite d'après ce Watteau rustique.

Faut-il, comme quelques-uns le proposent, réduire la part que M. Burat avait ménagée à Watteau dans sa collection des maitres français ? Sur la foi d'une gravure de Pierre Aveline, dont la mise en vente est annoncée par le *Mercure de France* du mois d'avril 1729, on avait toujours attribué au peintre de Valenciennes la *Rêveuse*, cette jolie figurine de femme qui, vêtue d'un costume exotique, coiffée d'un bonnet rouge et blanc, rêve sous des arbres, un éventail à la main. Cette attribution ancienne avait été confirmée par M. Edmond de Goncourt dans le *Catalogue raisonné de l'œuvre de Watteau*, et c'est sous le nom du maître que cette peinture colorée et fine a figuré à l'Exposition de l'*Art du XVIIIe siècle*. Des connaisseurs inquiets veulent aujourd'hui que ce Watteau soit un Lancret. On nous permettra de ne pas nous mêler à cette discussion. Nous ferons observer toutefois qu'en 1729 le *Mercure* était entre les mains d'Antoine de Laroque, qui connaissait bien les œuvres de son ami Watteau : ne semble-t-il pas d'ailleurs que si la *Rêveuse* était de Lancret, ce dernier n'aurait pas laissé passer sans protestation l'annonce de l'estampe d'Aveline, qui attribuait la peinture à son ancien maître? Pourquoi, l'œuvre étant séduisante, n'en a-t-il pas réclamé la paternité? Il était brave homme, Lancret, mais il surveillait assidûment son petit capital de gloire, et il n'aimait pas à être dépouillé au profit de Watteau, qui avait eu l'impertinence de lui conseiller de faire des études d'après nature.

Laissons ces querelles et revenons aux choses certaines. Le Lancret indiscutable triomphe chez M. Burat dans un tableau charmant, le portrait d'un musicien inconnu. Ce musicien a figuré dans plusieurs expositions : il a eu l'honneur d'être célébré par Théophile Gautier dès 1860, et depuis lors par bien d'autres. Lancret aimait la comédie ; il aimait aussi les gens habiles qui s'exerçaient à la pratique des arts voisins : il a crayonné le frontispice des œuvres musicales de Dandrieu, et il doit exister, on ne sait où, un portrait de lui représentant *M. B. jouant de la guitare*. Dans le tableau de M. Burat, Lancret a placé à l'ombre d'un bocage un virtuose qui caresse de son archet les cordes d'une basse de viole. Rien n'est plus simple ; mais avec les tons chauds de l'instrument, les gris fins de la perruque poudrée, les verdures des arbres, il a su composer une délicate harmonie. Ce point est à noter, car Lancret n'est pas coloriste tous les jours. La physionomie du musicien au visage mince, au nez busqué, est d'ailleurs caractérisée avec un accent très individuel. Lancret portraitiste est rare. Le tableau de M. Burat n'ayant jamais été exposé au Louvre, nous avons vainement cherché le nom du galant homme qui s'amuse tout seul à faire de la musique dans un bois.

La série des maîtres de la fantaisie se continue avec Pater: mieux que Lancret, il a été fidèle au souvenir de Watteau, mais il a souvent affaibli l'énergie de ses colorations. Nous avons le regret de ne pouvoir nous arrêter ni devant Boucher ni devant Natoire, dont le *Triomphe de Bacchus* est sans doute le tableau exposé au Salon de 1750. C'est d'ailleurs un motif que l'élève de Lemoyne a reproduit plus d'une fois en modifiant la disposition de ses figures. A côté de ces peintures est une scène tirée de *Don Quichotte*, par Charles Coypel, qui n'eut jamais qu'un talent un peu indécis, mais qui manœuvra de façon à devenir premier peintre du roi. Le même honneur échut à Carle Vanloo, le maître aux inventions faciles qui a travaillé dans tous les genres et qui, comme on le voit chez M. Burat, peignait d'un pinceau également convaincu ou, si l'on veut, également frivole, la *Sultane*, de l'ancien cabinet du duc de Deux-Ponts, et la *Fuite en Égypte*, œuvre de jeunesse où se retrouvent les bleus que l'artiste avait empruntés à Benedetto Luti.

Pendant que ces maîtres aimés de Mme de Pompadour cherchaient la coquetterie des attitudes et le sourire des colorations égayées, il y avait auprès d'eux, à l'Académie, un brave peintre qui ne croyait point aux fables mythologiques et qui, exempt de toute ambition folle, trouvait son modeste idéal dans les familiarités de la vie réelle. C'était l'excellent Chardin, le plus sérieux des hommes de son temps, non parce que sa fantaisie le conduisait souvent à la salle à manger ou à l'office, mais parce qu'il a fait, sans préoccupation métaphysique, des tableaux qui, beaucoup plus que ceux de ses confrères, ont résisté au caprice des modes changeantes. M. Burat rendait à Chardin toute la justice qu'il mérite : il avait de lui trois peintures qui proclament la virtuosité de ce ferme pinceau. Deux surtout, les *Pommes d'api* et *la Cuisine*, me paraissent véritablement admirables. On y voit, étalées sur des tables sans prétention, des choses très humbles et peut-être prosaïques, comme des fruits, un bol de porcelaine, une poivrière, un fromage entamé et ce fameux gobelet d'argent qui était chez Chardin et dont il a si souvent fait le portrait. Ce ne sont pas là des sujets qui puissent passionner les âmes et servir de pâture aux rêveurs ; mais les peintres et ceux aussi qui ont la joie d'aimer la peinture pour elle-même sont unanimes à redire de Chardin ce que Diderot en dit maintes fois. Ils reconnaissent en lui un maître ennemi du mensonge, un exécutant robuste et sûr, un coloriste habile à réconcilier dans une vibrante harmonie les tons que leur intensité locale paraîtrait devoir condamner à un divorce sans fin. Pour tous ceux qui s'exercent à la représentation des objets inanimés, des tableaux parfaits comme ceux que possédait M. Burat devraient être des modèles éternellement consultés.

Des œuvres pareilles montrent bien que les artistes du xviiie siècle n'ont pas sacrifié autant qu'on s'est plu à le dire aux frivolités des grâces mensongères. Plusieurs ont été sérieux, et je ne crois pas que cette qualité puisse être refusée aux portraitistes. La nature vivante constamment interrogée leur a été une sauvegarde contre l'erreur. Toute justice serait oubliée si l'on considérait comme des décorateurs ou des maniéristes, ces maîtres sincères qui, ayant à peindre sur le vif les gens de leur temps, ont pris soin de placer chacun d'eux dans le cadre de leur existence quotidienne. Cette recherche est légitime ; elle a eu pour résultat de préciser la physionomie morale des modèles et quelquefois de les faire aimer.

Il y a d'excellents portraits dans la galerie de M. Burat. Nous avons un goût particulier pour celui d'un artiste qui, appuyé d'un bras sur un carton de dessins ou d'estampes, tient à la main un porte-crayon : derrière le personnage est un flacon plein d'un liquide qui pourrait être de l'eau-forte. Nous serions donc en présence d'un graveur. Cette peinture, que le catalogue attribuera vraisemblablement à Largillière, est d'une exécution franche, robuste, décidée. Par la dimension et par la tournure, elle rappelle les portraits que l'Académie royale faisait faire comme morceaux de réception à ceux de ses membres qui étaient agréés en qualité de portraitistes. L'École des Beaux-Arts en possède un certain nombre, mais elle ne les a pas tous, quelques-uns ayant disparu lors de la suppression de l'Académie. Celui de M. Burat paraît provenir de cette collection. Nous regrettons de ne pouvoir dire aujourd'hui, ni le nom du personnage dont la physionomie n'est pas celle du premier venu, ni le nom du peintre, mais il est visible qu'il maniait librement un pinceau inspiré par les plus vaillantes audaces.

M. Burat ne pouvait oublier Rigaud. On retrouvera dans son cabinet le beau portrait d'un petit prince appuyant la main sur un globe crucifère, peinture qui a figuré avec succès à l'Exposition de l'*Art du XVIIIe siècle*. On voulait alors voir, dans ce jeune garçon à la chevelure blonde, Louis XV lui-même; mais le roi n'y est pas facilement reconnu. Après Rigaud, Nattier se présente à nous avec des œuvres où son charme habituel est bien caractérisé. On a reproché à celui que Gresset appelait le peintre des Grâces le parti pris courageux avec lequel il enlumine d'un rouge vif les joues des élégantes qui ont posé devant lui. Mais Nattier était un homme sincère, incapable de mentir, et il a mis du fard au visage des femmes de son temps, parce qu'elles appartenaient au monde où l'on se farde. Nous n'allons pas jusqu'à dire que Nattier était un naturaliste à la façon de Holbein; on verra cependant chez M. Burat qu'il comprenait et respectait l'individualité des types, qu'il laissait à chaque figure son accent particulier, et qu'il modèle les carnations féminines avec une délicatesse infinie.

Les collections qui, comme celle que nous visitons, sont organisées dans un esprit d'étude et de recherche, nous mettent presque toujours en présence d'artistes inconnus. Bien que nous ayons vieilli dans le sérail de l'Hôtel Drouot, c'est pour nous une surprise imprévue que de nous trouver vis-à-vis d'une peinture de Villebois. Si la félicité suprême consiste, ainsi que le disent les philosophes, à vivre et à mourir ignoré, Villebois a été heureux. De son vivant, personne ne parlait de lui, et aujourd'hui les dictionnaires les plus causeurs gardent sur son compte un silence obstiné. C'est chez M. Burat que nous avons fait connaissance avec ce vaincu. Son tableau, d'une exécution appliquée et qui essayait sans doute de se rappeler les portraits miniaturés de Robert Tournières, groupe sur la terrasse d'une maison de plaisance une jeune mère et ses deux fillettes occupées de leurs jouets. Cette peinture, que le Louvre hésiterait à placer au Salon carré, est particulièrement curieuse par le détail du mobilier et des costumes. Elle est datée de 1745. Et comme on chercherait vainement dans les livres le nom de Villebois, perdu aujourd'hui dans l'immense oubli, je tendrai à ce naufragé une perche fraternelle. Villebois était membre de l'Académie de Saint-Luc. A l'Exposition organisée par la compagnie en 1753, il avait envoyé trois portraits, tous de petite dimension. Il peignait avec soin, mais sans flamme, et il n'a jamais connu la joie de lire son nom imprimé dans les gazettes. On verra, par le tableau auquel M. Burat avait donné l'hospitalité de sa galerie, si l'académicien Villebois méritait aussi complètement les rebuffades de la renommée.

Ces petits portraits, dont l'allure est intime et précise, nous amènent aux scènes de la vie familière. M. Burat avait réuni un certain nombre de ces tableaux peu solennels qui, avec la séduction de l'esprit, ont une sorte de valeur historique, en ce sens qu'ils nous font pénétrer dans le fin détail des mœurs de nos grands pères. Un des plus amusants est celui où Eisen assied devant une table de jeu d'honnêtes gentilshommes faisant une partie de dés. La vivacité des attitudes, l'élégance des costumes, la décoration de l'appartement, tout est instructif dans cette vignette en couleur, car Charles Eisen n'était pas seulement l'infatigable dessinateur aux gages des libraires ; il aimait à peindre et, comme l'infortuné Villebois, il exposait à l'Académie de Saint-Luc des tableaux qu'il faudrait examiner d'un œil subtil, parce que la manière de ce petit maître n'est pas encore bien connue, et parce que, comme l'ont dit très justement MM. de Goncourt, ses œuvres sont souvent confondues avec celles de son père.

Sur Subleyras, on ne se trompe pas. Quand il avait terminé une de ses grandes machines religieuses, il se reposait en lisant les *Contes* de La Fontaine, et il y trouvait des motifs qu'il a reproduits plusieurs fois en y introduisant quelques variantes. *La Courtisane amoureuse* de M. Burat est l'exemplaire que possédait Randon de Boisset ; *l'Ermite* était chez Natoire. On estimait en ces temps lointains que Subleyras, alors qu'il ne visait pas au sublime, était un coloriste ingénieux, et l'on avait peut-être raison.

Cette histoire est un peu celle de Lépicié. Il a fait de grands tableaux de dévotion et d'histoire, des *Régulus*, des *Mathathias* qui, même en un jour d'indulgence, paraissent insupportables. « Lépicié est sec, dur et cru », disait galamment Diderot, en présence de ces compositions accablantes. Mais lorsque Lépicié, renonçant au fatras des choses héroïques, se borne à peindre les humbles scènes qu'il a sous les yeux, il est incisif, il a presque du sentiment, et, d'une façon très simple, sans être larmoyant comme Greuze. Chez M. Burat, le Lépicié des notes intimes se montre dans une heure brillante. La *Bonne Mère* est peut-être son chef-d'œuvre. Avec le goût de l'arrangement et la notion des couleurs modérées, on y reconnaît la touche alerte et fine qui caractérise le maître ; on y retrouve aussi, dans l'expression de la mère veillant sur le sommeil de son enfant, dans les détails soigneusement étudiés du modeste décor, un respect sincère pour la vérité sans prétention. Lépicié n'a pas cru comme Greuze au paysan romanesque et mélodramatique.

Pour cette période qui prépare la Révolution, le maître excellent et définitif, c'est Fragonard. Il a été le plus amoureux des peintres, et il a trouvé en même temps des accents d'une délicatesse infinie dans la représentation des scènes de famille. Sur sa palette, il y avait des fleurs et il savait en faire les plus jolis bouquets du monde. Le *Songe du guerrier*, que nous avons vu jadis dans la collection Marcille, est connu par la gravure, et mieux encore par la description que MM. de Goncourt en ont donnée : il n'est pas utile d'y revenir. Quant à la *Visite à la nourrice*, c'est une délicieuse composition dans la note douce et attendrie. C'est aussi une peinture d'une éloquence irrésistible. Accompagnée d'un mari qui ressemble fort à un amoureux, une jeune femme s'arrête, heureuse et charmée, devant le berceau où sommeille son enfant. Les deux visiteurs ne parlent pas; ils se comprennent dans le silence de leur étreinte. Pour les yeux des coloristes, ce tableau a toujours été une fête : ils admirent les blancs de la robe jouant avec les linges d'une tonalité dorée qui recouvrent le berceau; ils se délectent aussi bien aux libres détails traités vivement avec la largeur de l'esquisse qu'aux finesses de la demi-teinte qui, produite par les bords du chapeau sur le visage de la jeune mère, l'enveloppe de transparences. Dans la *Visite à la nourrice*, le bon Frago est ému, et il est exquis.

A côté de ce tableau qui est, à notre sens, une des perles les plus pures de la collection de M. Burat, on pourra voir réunis presque tous les maîtres de l'heure un peu inquiète où le xviiie siècle va faire son testament. Un des plus spirituels est l'ami de Fragonard, Hubert Robert. Il s'amuse aux architectures pittoresques, il invente des paysages doucement chimériques et les meuble de figurines enlevées et croquées avec une bonne humeur magistrale. Son pinceau léger joue sur la toile et ne se trompe pas. Savait-on que, dans une heure de fantaisie, Hubert Robert a peint une *Adoration des Mages*? Ce tableau imprévu est chez M. Burat. Le sujet est peut-être un peu sérieux pour le maître qui donnait de l'enjouement aux ruines les plus majestueuses. Dans ces caprices, Hubert Robert est de la religion de Fragonard et il croit que tout est permis aux gens d'esprit.

Notons, en passant, deux Joseph Vernet. Ils ont de l'intérêt pour l'histoire du maître, car ils sont datés l'un et l'autre et ils révèlent son talent dans ses deux manières. Le premier, *le Port d'Anzio*, a été peint pendant le séjour de l'artiste à Rome, alors qu'il étudiait le rayonnement de la lumière italienne ; le second, *les Rochers*, est de 1758 et il obéit déjà à un parti pris d'arrangement, à la recherche d'une disposition décorative. Bien peu, parmi ceux qui étaient jeunes, résistèrent à cette tendance. La robe de l'innocente nature allait recevoir plus d'un accroc.

Loutherbourg, qui avait commencé par peindre des batailles à la façon de Casanova, son maître, devint bientôt, comme on disait alors, un homme sensible et il mit de la bergerie dans son idéal : de là des tableaux qui annoncent Berquin. *Le Mouton chéri*, de la collection de M. Burat, est un type célèbre de cette rusticité à la mode de 1770. Loutherbourg n'a jamais eu pour la nature une passion bien décidée et son paysage resta volontiers systématique. Il est vrai que, ce goût un peu artificiel étant admis, l'artiste a laissé des œuvres qui sont d'un peintre plein d'imagination et de chaleur. La *Marine au soleil couchant* fut un des triomphes de Loutherbourg, grâce aux spirituelles figurines qu'on voit, en coquet équipage, s'embarquer pour faire une promenade sur mer, grâce surtout aux flamboiements d'un ciel que le soir emplit de ses splendeurs dorées. Ce tableau lumineux fut exposé au Salon de 1771 et ravit les connaisseurs. Diderot, si sévère quelquefois, se déclara satisfait et il parla de Loutherbourg en termes fort respectueux.

Le xviiie siècle, un peu dégrisé vers la fin, adopta, aux approches de la Révolution, des méthodes moins décoratives. On s'était épris des maîtres hollandais et l'on essaya de les imiter dans des tableaux dont le sujet était presque toujours emprunté aux aventures de la vie de tous les jours. C'est le moment où brillèrent Taunay, Mlle Marguerite Gérard et Boilly, qui regardait le satin comme la plus glorieuse invention de l'industrie humaine. Nous avons connu le temps où ces petits peintres étaient passés de mode. La faveur publique est revenue à ces conteurs d'anecdotes, habiles à dire avec une sentimentalité dont on était ravi en 1800 l'exact détail des costumes et des physionomies.

Tous ces maîtres, et même quelques autres — Naigeon par exemple, qu'on rencontre si rarement — se sont donné rendez-vous chez M. Burat et ils y fraternisent gaiement avec Debucourt, l'auteur de la *Fête de village*. Vous vous rappelez cette peinture. On s'est attablé devant la porte d'une auberge ; le repas s'est prolongé ; les plus sages ont oublié leur raison au fond des verres ; une chaise se brise, une jeune femme tombe dans un joli désordre de jupe indiscrète et l'accident amuse les curieux. C'est une composition animée et bruyante où foisonne le détail piquant, où éclate la bonne humeur du pinceau. Au-dessus de ces groupes pleins d'entrain et de folie s'étendent les pâleurs douces d'un ciel laiteux et nacré. Debucourt, entraîné par le succès de ses estampes en couleur, n'a peut-être pas été très avisé dans la gestion de son talent : en voyant la *Fête de village*, on regrette qu'il ait fait si peu de tableaux.

Un beau portrait de David, peint par lui-même au temps de sa jeunesse, complète la collection de M. Burat. La galerie comprend en outre une composition jadis fort célèbre où le baron Gros a raconté le mémorable suicide de Sapho se précipitant dans la mer. Cette peinture date de 1802. Si Fragonard, qui vivait encore, a fait au Salon de cette année sa visite habituelle, il a vu la *Sapho* et il a dû constater, non sans surprise, les modifications profondes que l'idéal avait subies. Cette surprise, nous la partageons. Mais ce n'est pas dans les œuvres de ce temps troublé qu'il faut chercher le caractère de la précieuse collection formée avec tant d'amour par M. Jules Burat. La note dominante est ailleurs : on la trouvera, sans qu'il soit nécessaire d'en dire plus long, dans le choix intelligent qu'il avait fait des peintures dues aux meilleurs maîtres du xviiie siècle. C'est dans cette voie, jadis abandonnée, que le guidait son goût très sûr ; c'est là qu'il a rencontré ses plus heureuses trouvailles. M. Burat a été le camarade et le continuateur de M. Lacaze. Il a connu, il a aimé comme lui ces peintres au caprice élégant qui ont cherché la grâce des attitudes, la prestesse du libre pinceau, et qui, sentant vivre en eux l'âme française, ont obéi à la loi de leur origine en mettant sur des inventions légères les gaietés de la couleur et le scintillement de l'esprit.

PAUL MANTZ.

DÉSIGNATION

TABLEAUX

ALAUX

(JEAN-PAUL,)

Né à Bordeaux en 1788, mort en 1858.

1 — *Vue de la place et de l'église Saint-Pierre, à Rome.*

La vue est prise au centre, en avant de l'obélisque, on aperçoit le Vatican sur la droite; une procession de religieux portant une croix traverse la place, se dirigeant vers l'église.

Toile. Haut., 41 cent.; larg., 71 cent.

ALIGNY

CLAUDE-FÉLIX-THÉODORE CARUELLE

Né à Chaumes (Nièvre) en 1798, mort à Paris en 1858 ?

2 — *San Lorenzo, hors les murs de Rome.*

Étude.

Toile. Haut., 18 cent.; larg., 24 cent.

BENARD

(J. B.)

xviiiᵉ siècle.

3 — *Fête champêtre.*

De nombreux villageois dansent devant quelques chaumières situées au bord d'une rivière; d'autres, montés dans des bateaux, partent en promenade.

Toile. Haut., 41 cent.; larg., 56 cent.

BERRÉ

(JEAN-BAPTISTE)

Né à Anvers en 1777, mort en 1828.

4 — *Pâturage.*

Trois vaches et un mouton se reposent au pied d'un vieux saule, en partie dépouillé de son écorce; sur la gauche, deux petits bergers couchés au bord d'une mare.

Signé et daté 1833.

Il provient de la vente du duc de Feltre, en 1852.

Bois. Haut., 52 cent.; larg., 72 cent.

BERTIN

(NICOLAS)

Né à Paris vers 1667, mort en 1736.

5 — *Jéhova adoré par les principaux personnages de l'Ancien Testament.*

Esquisse terminée pour un plafond.

Voici ce que Dargenville dit de ce plafond dans *la Vie des peintres :*

« Nicolas Bertin fut chargé de faire un grand plafond pour la chapelle du château de Plessis-Saint-Pierre, situé entre Châtres et Linas, près Montlhéry.

« C'est une gloire, avec le nom de Dieu, parsemée d'anges et de chérubins. Par l'adresse du peintre, il paraît une voûte. Plusieurs groupes sont placés sur le bord du plafond; l'un représente Moïse, Aaron, Josué, des personnages de l'Ancien Testament, tels qu'Abraham, Isaac, Job, Isaïe, Noé, Daniel, tenant des inscriptions latines. David et les autres prophètes sont disposés sur les côtés et forment différents groupes qui n'en font qu'un général. C'est un des plus beaux morceaux du peintre. »

Toile. Haut., 1 m. 20 cent.; larg., 1 mètre.

BERTIN

(VICTOR)

Né à Paris en 1775, mort à Paris en 1842.

6 — *Œdipe s'exilant de la ville de Thèbes.*

Il est au bord d'un lac entouré d'arbres, ses enfants pleurant près de lui.

Au centre du tableau, un platane dont le feuillage se détache sur le ciel.

Dans le fond, la ville de Thèbes, au pied de hautes montagnes.

Bois. Haut., 32 cent.; larg., 26 cent.

BIDAULD

(JEAN-JOSEPH)

Né à Carpentras en 1758, mort à Montmorency en 1846.

7 — *Vue de la Grande Cascade et d'une partie de la ville de Tivoli.*

Signé et daté 1789.

Toile. Haut., 35 cent.; larg., 24 cent.

BIDAULD

(J. J.)

8 — *Autre Vue de la Cascade de Tivoli.*

Trois personnages au premier plan.

Toile. Haut., 23 cent.; larg., 18 cent.

BIDAULD

J. J.

9 — *Vue des environs de Narni.*

L'artiste a représenté sur le premier plan la fable du *Meunier, son Fils et l'Ane*.

Signé et daté 1792.

Bois. Haut., 31 cent.; larg., 27 cent.

BIDAULD

J. J.

10 — *Vue des ravins de San Cosimato.*

Signé et daté 1788.
Étude.

Toile. Haut., 32 cent.; larg., 24 cent.

BIDAULD

(J. J.)

11 — *Site d'Italie.*

Au premier plan, un berger et une bergère chassent devant eux quelques vaches et des moutons.

Toile. Haut., 23 cent.; larg., 31 cent.

BILCOQ

(MARIE-MARC-ANTOINE)

Né à Paris en 1755, mort en 1838.

12 — *La Marchande de pommes; effet de nuit.*

Elle tient devant elle son éventaire qu'éclaire une bougie dans une enveloppe de papier; dans le fond, plusieurs hommes se chauffant autour du feu.

Bois. Haut., 12 cent.; larg., 10 cent.

BOGUET

XIXᵉ siècle.

13 — *Vue de la Campagne de Rome aux environs de Frascati.*

Au centre, un troupeau de chèvres et de moutons sous la garde d'un berger.

Toile. Haut., 30 cent.; larg., 40 cent.

BOILLY

(LOUIS-LÉOPOLD)

Né à La Bassée (près Lille) en 1761, mort à Paris en 1845.

14 — *La Descente de la diligence.*

Pendant qu'une mère prend soin de ses enfants, un père tient dans ses bras sa fille aînée qu'il embrasse; deux petits garçons et une fillette se pressent, impatients de lui prodiguer leurs caresses.

Il n'est pas possible, croyons-nous, de peindre avec plus d'esprit et de vérité cette scène.

Cette composition est la répétition du groupe principal qui se trouve dans le tableau du musée du Louvre.

Toile. Haut., 39 cent.; larg., 31 cent.

BOILLY
(LOUIS-LÉOPOLD)

15 — *La Jeune Mère.*

Debout dans un intérieur, vêtue d'une robe de satin blanc avec ceinture rose, elle tient dans ses bras un petit garçon aux cheveux blonds, habit violet et culotte bleue; le petit espiègle, monté sur un fauteuil recouvert en velours rouge, tenant un pompon, s'amuse à farder le visage de sa mère.

Ce petit tableau, qui est un vrai bijou, joint au charme et à l'esprit du maître français la finesse d'exécution des maîtres hollandais.

Gravé par Ed. Ramus.

Bois. Haut., 24 cent.; larg., 16 cent.

BOILLY
LOUIS-LÉOPOLD

16 — *Houdon modelant le buste de Napoléon, premier consul.*

L'artiste est debout, en costume d'atelier; mouchoir autour du cou, veston de laine blanche, le pied posé sur la tablette de l'escabeau où se trouve le buste en terre qu'il modèle.

On rapporte que Napoléon fut frappé de la simplicité et de la rude bonhomie de Houdon : « Que puis-je faire pour vous ? lui demanda-t-il. — Donner des ordres, répondit Houdon, pour qu'on répare ma statue de Tourville dont l'épée a été brisée. »

C'est cette simplicité et cette rude bonhomie que Boilly semble avoir voulu rendre.

Ce tableau a été lithographié.

Il provient de la collection Soret.

Toile. Haut., 55 cent.; larg., 45 cent.

BOILLY
LOUIS-LÉOPOLD

17 — *Les Petits Commissionnaires.*

Assis sur une valise; l'un coiffé d'un fez, la figure de profil, les jambes croisées; l'autre, vu de trois quarts et accoudé sur un paquet: leur attention est portée vers la gauche.

Étude pour le tableau représentant l'arrivée de la diligence, qui est au musée du Louvre.

Provenant de la vente Jules Boilly.

Toile. Haut., 23 cent.; larg., 31 cent.

BOISSIEU

(J. J. DE)

Né à Lyon en 1736, mort en 1810.

18 — *Un Vieux Portier.*

Il est à une fenêtre, tenant son balai, fixant le spectateur en homme peu satisfait de la question qu'on doit lui adresser. Coiffé d'un bonnet mou duquel s'échappent ses cheveux blancs; son habit est croisé sous le menton.

Toile. Haut., 21 cent ; larg., 16 cent.

BOUCHER

(FRANÇOIS)

Né à Paris en 1703, mort dans la même ville, le 30 mai 1770.

19 — *Le Roi Louis XV.*

Assis dans un paysage, accoudé sur le socle d'une statue du dieu Pan, il tient une gourde et un bâton de pèlerin enrubanné dont il porte le costume; pèlerine avec coquille et cœur enflammé, habit de soie rose, gilet blanc et culotte jaune, le grand cordon et la croix du Saint-Esprit en sautoir; dans le fond, un groupe de jeunes dames guidées par un gentilhomme se promenant dans la campagne.

Gracieux et charmant tableau de la première manière du maître.

Gravé par A. Mongin.

Toile. Haut., 58 cent.; larg., 49 cent.

BOUCHER

(FRANÇOIS)

20 — *Des Amours.*

Ils voltigent sur des nuages, l'un tenant une torche enflammée, les autres jetant des fleurs.

Toile. Haut., 35 cent.; larg., 44 cent.

BOULLONGNE

(BON)

Né à Paris en 1649, mort en 1717.

21 — *Bacchante*.

Vue à mi-corps, la tête couronnée de pampres ; elle tient un tambour de basque.

Toile. Haut., 62 cent.; larg., 52 cent.

BOULLONGNE

BON,

22 — *Triomphe d'Amphitrite*.

Assise sur un char traîné par des dauphins, elle est accompagnée par une troupe de petits amours.

Toile. Haut., 82 cent.; larg., 73 cent.

BOURDON

(SÉBASTIEN)

Né à Montpellier en 1616, mort à Paris en 1671.

23 — *La Cantine*.

Trois soldats jouent aux cartes, assis autour d'un tonneau ; l'un d'eux présente deux as à son adversaire surpris ; sur le devant, une femme assise sur le sol, tenant un enfant endormi, présente un verre à une petite fillette qui lui verse à boire.

Au second plan, un soldat à cheval auprès d'un homme prenant du vin à un tonneau.

Toile. Haut., 45 cent.; larg., 55 cent.

BOURDON

(SÉBASTIEN)

24 — *Le Repos de la Sainte Famille*.

La Vierge, drapée dans un ample manteau bleu, est assise sur un socle de pierre ; elle tient l'Enfant Jésus, à qui le petit saint Jean présente une croix ; sainte Anne, sur le premier plan, tient un livre ouvert ; plus loin, saint Joseph dans la pénombre.

Toile. Haut., 64 cent.; larg., 78 cent.

BOURDON

(SÉBASTIEN)

(DEUX PENDANTS)

25 — *Le Jugement de Pâris.*

Cléopâtre, reine de Syrie.

1º Le jeune berger, placé sur la droite, remet la pomme à Vénus ; Junon et Minerve, le regardant avec surprise, s'éloignent en courroux ; sur le devant, un petit amour ;

2º Cléopâtre, assise sur la gauche, tient la coupe, ayant devant elle trois de ses suivantes, dont une lui verse le poison.

Tableaux de forme ronde. Diam., 32 cent.

BOURGUIGNON

(JACQUES COURTOIS, dit le)

Né à Saint-Hippolyte (Franche-Comté) en 1621, mort à Rome en 1676.

DEUX PENDANTS

26 — *Corps d'armée passant une rivière.*

Les soldats traversent montés dans des bateaux ; un officier et un porte-drapeau sont arrêtés au premier plan.

L'Attaque d'un pont.

Un cavalier gît au premier plan, auprès de son cheval.

Toile. Haut., 34 cent.; larg., 44 cent.

BRUANDET

(LAZARE)

Mort en 1803.

27 — *Intérieur de forêt.*

Au premier plan, un arbre brisé auprès d'un cours d'eau, où un homme pêche avec un filet. Sur la gauche, deux chasseurs : l'un d'eux, se mettant en joue, se dispose à tirer sur des oiseaux, pendant que son compagnon retient les chiens.

Bon tableau signé.

Bois. Haut., 51 cent.; larg., 64 cent.

BRUANDET

(L.)

28 — *Le Bois de Boulogne.*

Au centre, des chasseurs ont fait halte ; descendus de leurs chevaux, ils sont assis au pied d'un arbre brisé.

Bois. Haut., 24 cent.; larg., 47 cent.

CANALETTI

(ANTONIO CANALE, dit)

Né à Venise en 1697, mort dans la même ville en 1768.

29 — *La Place San Giovanni e Paolo, à Venise.*

La statue équestre de B. Colleoni s'élève sur un piédestal en marbre ; à droite, l'église San Giovanni ; au centre, la façade de la Scuola di San Marco ; à gauche, le Rio dei Mendicanti, bordé de maisons pittoresques à différents étages et toitures en tuiles de diverses couleurs ; quelques gondoles sillonnent le canal ; la place est animée par de nombreux personnages.

Remarquable tableau, d'une exécution ferme, d'un ton blond et harmonieux.

Il provient de la collection Mosselman.

Gravé par H. Toussaint.

Toile. Haut., 58 cent.; larg., 93 cent.

CARESME

(PHILIPPE)

xviiie siècle.

30 — *Bergers en voyage.*

Une jeune fille montée sur un cheval blanc demande son chemin à un petit berger ; elle est suivie de deux villageois, chassant devant eux des vaches et des moutons.

Toile. Haut., 36 cent.; larg., 44 cent.

CASANOVA

(FRANÇOIS)

Né à Londres en 1730, mort à Bruhl, près Vienne, en 1805.

31 — *Après la bataille.*

Un officier, visitant le champ de bataille, ordonne de relever un cuirassier, gisant à côté de son cheval renversé.

Provient des collections : Duclos-Dufresnoy, en 1795 ; Gamba, en 1811 ; Saint, en 1846 ; Norblin, en 1855.

A été gravé.

Toile. Haut., 32 cent.; larg., 40 cent.

CASANOVA

F.

32 — *Officier à cheval.*

Il porte une cuirasse et tient à la main son épée ; dans le fond, une armée en marche.

Bois. Haut., 38 cent.; larg., 22 cent.

CHAMPAGNE

(PHILIPPE DE)

Né à Bruxelles en 1602, mort à Paris en 1674.

33 — *Adam et Ève retrouvant le corps d'Abel.*

Ève, couverte d'une peau de tigre, est assise pleurant la mort de son fils, dont la tête est appuyée sur ses genoux ; un de ses plus jeunes enfants cherche à la consoler. Adam debout, les mains jointes, implore Dieu.

Provient de la collection du cardinal Fesch et Moret.

Toile. Haut., 1 m. 30 cent.; larg., 1 m. 65 cent.

CHARDIN

(J. B. SIMÉON)

Né à Paris en 1699, mort en 1779.

34 — *Les Pommes d'api.*

Sur une table de cuisine, un bol en porcelaine, des marrons et un gobelet d'argent placés auprès de trois pommes d'api.

Très belle qualité du maître, exécution grasse et moelleuse ; coloration vive et brillante au centre du tableau.

Signé à gauche.

On nous permettra de faire remarquer que tous les critiques d'art, depuis Diderot jusqu'à ceux de nos jours, ont fait l'éloge de Chardin.

Chardin dans sa simplicité et sa modestie est un vrai maître.

Théophile Gautier disait un jour : « Il ne cherche pas le fini minutieux, le trompe-l'œil vulgaire, il procède avec simplicité, largeur et style. — Du style dans une poire et dans un bocal ! Assurément. — Les fruits de Chardin, sa vaisselle et son argenterie pourraient être servis sans y faire tache, sur les tables des *Noces de Cana;* et, si Paul Véronèse avait oublié sa contrebasse, il serait capable de lui en prêter une de facture équivalente. »

Toile. Haut., 36 cent.; larg., 45 cent.

CHARDIN

J. B. SIMÉON

35 — *La Cuisine.*

Une tranche de saumon, un chaudron en cuivre rouge, une cruche en grès, une poivrière, un couteau de cuisine, un fromage entamé, des champignons, etc., le tout posé sur une table de pierre.

Beau tableau du maître, remarquable de tons et d'exécution veloutée.

Signé.

Gravé par Gustave Greux.

Toile. Haut., 26 cent.; larg., 36 cent.

CHARDIN

(SIMÉON)

36 — *Les Restes d'un déjeuner.*

Un pâté entamé, un citron, un verre à pied à demi plein de vin rouge, des marrons, un drageoir en argent.

Le tout posé sur une table.

Signé.

Toile. Haut., 31 cent.; larg., 40 cent.

COIGNET

(JULES)

37 — *Torrent dans les Vosges.*

Étude.

Toile. Haut., 32 cent.; larg., 40 cent.

COYPEL

(CHARLES)

Né à Paris en 1694, mort à Paris en 1752.

38 — *Une Scène du roman de Don Quichotte.*

Le moment choisi par l'artiste est celui où Dorothée, déguisée en paysan, est surprise, pendant qu'elle se baigne les pieds, par le curé, Cardenio et le barbier. Vers le fond, on aperçoit Sancho qui, les ayant quittés pour continuer la recherche de son maître, le retrouve faisant pénitence et mourant de faim.

Toile. Haut., 54 cent.; larg., 70 cent.

DANLOUX

(PIERRE)

Né à Paris en 1745, mort en 1809.

39 — *Portrait de Mme de Nozières.*

Elle est vue jusqu'à la ceinture, un fichu blanc sur les épaules, une plume posée dans une haute coiffure bleue.

Signé et daté 1793.

Toile ovale. Haut., 24 cent.; larg., 15 cent.

DANLOUX

(PIERRE)

40 — *Portrait d'homme.*

Vu jusqu'à la ceinture, cheveux poudrés, cravate blanche, pardessus en drap bleu clair.

Bois ovale. Haut., 27 cent.; larg., 20 cent.

DAVID

(JACQUES-LOUIS)

Né à Paris en 1748, mort à Bruxelles en 1825.

41 — *Philosophe dissertant.*

Vu jusqu'à la ceinture, il tient un livre sous son bras ; le regard fixé vers la droite, la main levée, il paraît expliquer une leçon.

Gravé au trait dans le recueil de gravures publié par l'expert Le Brun en 1809, avec cette curieuse mention :

« Morceau d'étude exécuté à Rome et digne de la haute admiration que nous inspire le moderne Apelles de Napoléon le Grand. »

Il a fait ensuite partie de la collection de M. de Varange.

Toile. Haut., 74 cent.; larg., 64 cent.

DAVID

(LOUIS)

42 — *Portrait du maître.*

Vu jusqu'à la ceinture, tourné vers la gauche, la tête de face, regardant le spectateur.

Cheveux blonds, relevés et légèrement poudrés, cravate blanche avec jabot, gilet rouge, habit violacé à triples collets rabattus. Le maître avait une sorte de loupe à la joue gauche, dont on voit la trace sur ce portrait.

Signé à gauche.

Toile. Haut., 64 cent.; larg., 53 cent.

DEBAR

(Attribué à)

43 — *La Halte.*

Un soldat attise le feu au-dessus duquel bout une marmite, pendant que sa femme donne le sein à son enfant.

Toile. Haut., 23 cent.; larg., 18 cent.

DEBUCOURT

(PHILIPPE-JEAN)

Né à Paris en 1755, mort en 1832.

44 — *Fête de village.*

Elle a lieu sur la place d'un village des environs de Paris; tout le monde court et s'amuse, saute ou rit; le bal est installé devant une auberge, des tables sont dressées à l'entour; l'une d'elles, placée au centre et sans doute mal équilibrée, se renverse, les convives roulent sur le sol; une jeune fille tombe en arrière, sa mère placée en face s'élance pour la secourir; vers la gauche, auprès d'un arbre brisé, on distingue parmi les personnages du second plan deux jeunes élégantes suivies d'un gentilhomme; vers la droite, les tentes des marchands forains autour desquelles se pressent les villageois.

Nous ne croyons pas que l'on puisse trouver de l'artiste une composition plus spirituelle et plus mouvementée. On y compte plus de soixante figures.

Gravé par Ch. de Billy.

Bois. Haut., 40 cent.; larg., 52 cent.

DE LA PORTE

(HENRI-HORACE-ROLAND)

Né en 1724, mort le 23 novembre 1793.

45 — *Le Petit Musicien.*

Il frotte joyeusement un archet sur un violon posé sur une table recouverte d'un tapis de velours sur laquelle se trouvent une musette garnie de velours bleu à franges d'or, une mappemonde, des cahiers de musique.

Beau tableau de l'artiste.

Toile. Haut., 78 cent.; larg., 98 cent.

DE LA PORTE

(HENRI-HORACE-ROLAND)

46 — *Objets inanimés.*

Deux livres, une lettre dépliée, un plâtre représentant un enfant couché, le tout posé sur une table auprès d'un bas-relief ovale accroché au mur.

Toile. Haut., 23 cent.; larg., 42 cent.

DE MACHY

(PIERRE-ANTOINE)

Né à Paris en 1722 (?), mort en 1807.

47 — *Vue de l'escalier du château de Caparota, près Rome.*

Le château de Caparota, bâti par le cardinal Alexandre Farnèse sur le mont Cimino, passe pour le chef-d'œuvre de l'architecte Vignole, et l'on cite l'escalier en hélice comme étant surtout remarquable de hardiesse et d'effet.

Vente de l'architecte Achille Leclaire, 1854.

DE MACHY

PIERRE-ANTOINE

48 — *Monuments en ruines.*

Toile. Haut., 40 cent.; larg., 53 cent.

DE MARNE

J. LOUIS

Né à Bruxelles en 1744, mort en 1829.

49 — *La Famille du fermier.*

Sous un auvent, un fermier taille du chanvre, tandis que sa femme assied sur une chèvre blanche son petit enfant qui lève les bras d'un air joyeux; la grand'mère est assise près d'eux; un bon paysan, monté sur un âne, les regarde en souriant.

Sur le devant, un dindon, une poule et ses poussins.

Ce charmant petit tableau a été gravé à l'eau-forte par De Marne.

Bois. Haut., 25 cent.; larg., 31 cent.

DE MARNE

J. LOUIS

50 — *Le Passage du gué.*

Un berger et une bergère montés sur un âne traversent un cours d'eau, chassant devant eux une vache, une chèvre et deux moutons.

Fond avec rochers noyés dans les vapeurs du matin.

Toile. Haut., 25 cent.; larg., 28 cent.

DE MARNE

J. LOUIS

51 — *Intérieur rustique.*

Un homme tenant un livre fait une lecture à des villageois, le père, la mère et trois enfants, assis auprès de la porte de leur maison.

Bois. Haut., 21 cent.: larg., 31 cent.

DESHAYS

JEAN-BAPTISTE

Né à Rouen en 1729, mort en 1765.

52 — *Bacchanale.*

Au centre, une bacchante, un faune et des enfants; sur la gauche, une faunesse ivre tenant une coupe remplie de vin et l'offrant à une statue de Pan.

Toile. Haut., 18 cent.: larg., 60 cent.

DE TROY

FRANÇOIS) le père.

Né à Toulouse en 1645, mort en 1730.

53 — *Jeune Femme artiste.*

Elle est devant une table, vue jusqu'aux genoux, richement vêtue: robe de soie blanche brodée d'or, manteau de velours grenat doublé de satin bleu; elle tient un crayon, la main gauche est appuyée sur un plâtre représentant une tête de femme.

Toile. Haut., 40 cent.: larg., 31 cent.

DE TROY

JEAN-FRANÇOIS

Né à Paris en 1679, mort à Rome en 1752.

54 — *Suzanne au bain.*

Assise au bord d'un bassin et accoudée sur la vasque d'une fontaine soutenue par un dauphin et des amours.

Les vieillards se penchent vers elle, l'un d'eux la saisit par le bras. Quelques arbres se détachant sur un ciel bleu font ombre sur la figure d'un fleuve qui forme le couronnement de la fontaine.

Signé et daté 1727.

Gravé par Laurent Cars.

Toile. Haut., 80 cent.; larg., 64 cent.

DE TROY

(JEAN-FRANÇOIS

PENDANT DU PRÉCÉDENT.)

55 — *Loth et ses filles.*

Ils sont au pied d'une colline boisée; l'une de ses filles tenant un vase d'or lui verse à boire.

Toile. Haut., 80 cent.; larg., 64 cent.

. DE TROY

JEAN-FRANÇOIS

56 — *Portrait d'un magistrat.*

En buste, de grandeur naturelle, il porte une perruque poudrée, un manteau grenat avec rabat blanc sous le menton.

Toile. Haut., 45 cent.; larg., 33 cent.

DIETRICH

(CHRÉTIEN-GUILLAUME

Né à Weimar en 1712, mort en 1774.

57 — *Portrait d'un homme âgé.*

Vu jusqu'à la ceinture, tourné vers la gauche, barbe et cheveux blancs, coiffé d'une toque, gilet rouge, robe violette.

Bois. Haut., 15 cent.; larg., 11 cent.

DOYEN

(FRANÇOIS)

Né à Paris en 1726, mort à Saint-Pétersbourg en 1806.

58 — *Le Miracle des Ardents.*

Sur le perron d'un palais transformé en hôpital, une grande dame agenouillée, entourée de sa famille, implore Dieu.

Dans le ciel, sainte Geneviève, au milieu d'anges et de chérubins, prie pour obtenir la cessation de la peste.

Sur le devant de la composition, des moribonds et des morts.

Première pensée et esquisse du magnifique tableau qui est à l'église Saint-Roch.

Diderot, après avoir longuement parlé de ce tableau dans son Salon de 1767, s'exprime ainsi : « Avec tout ce que je viens de reprendre dans le tableau de Doyen, il est beau et très beau ; il est chaud ; il est plein d'imagination et de verve ; il y a du dessin, de l'expression, du mouvement ; beaucoup, mais beaucoup de couleur, et il produit un grand effet. »

Charles Blanc, dans son *Histoire des Peintres*, ne parle pas de ce tableau avec moins de détail, et il déclare que c'est le chef-d'œuvre de Doyen.

Gravé dans l'*Histoire des Peintres* de Charles Blanc.

Toile cintrée du haut. Haut., 1 mètre; larg., 60 cent.

DOYEN

(FRANÇOIS)

59 — *Hébé versant le nectar à Jupiter assis à côté de Junon.*

Esquisse du morceau de réception de Doyen à l'Académie.

Elle est citée dans l'*Histoire des Peintres* de Charles Blanc.

Vente de Prault, imprimeur du Roi, en 1780.

Toile. Haut., 52 cent.; larg., 40 cent.

DROLLING

(MARTIN)

Né à Oberbergheim, près Colmar, c . 1752, mort à Paris en 1817.

60 — *La Jeune Musicienne.*

Elle est à une fenêtre, vue à mi-corps, vêtue d'un corsage en velours rouge décolleté et jupon de satin blanc : elle tourne les feuillets d'une partition et prend une guitare posée sur la tablette de la fenêtre où est jeté un tapis de Turquie ; au second plan, un jeune homme joue de la flûte.

Charmant tableau.

Toile. Haut., 45 cent.; larg., 57 cent.

DROLLING

MARTIN

61 — *Vieille Femme lisant.*

Assise, près de la porte ouverte de sa maison donnant sur la campagne, elle tient sur ses genoux un gros livre, dont elle tourne les feuillets ; un petit garçon est assis près d'elle ; à gauche, dans l'embrasure d'une fenêtre, une cage ; au-dessous, une chaise, un vase en cuivre jaune, etc.

Sur la porte ouverte, une affiche portant : Maison à vendre, s'adresser chez M. Drolling, rue, etc.

Ce tableau a figuré au Salon de 1801, il provient de la vente de M™ la duchesse de Berry, en 1865.

Bois. Haut., 55 cent.; larg., 45 cent.

DROLLING

(MARTIN)

62 — *Le Petit Commissionnaire.*

Un villageois debout devant la porte de sa maison montre du doigt son chemin à un petit commissionnaire porteur d'un billet ; sur la gauche, derrière une fenêtre où se trouve un rosier, on aperçoit une ouvrière faisant de la couture. Une cage est accrochée près de la porte.

Signé et daté 1807.

Bois. Haut., 54 cent.; larg., 45 cent.

DROLLING

(MARTIN)

63 — *Intérieur villageois.*

Sur le devant, une fenêtre donnant sur la campagne ; un homme assis près
d'une table offre un verre de vin à une jeune paysanne qui, le panier au bras,
se dispose à sortir ; à droite, une petite fille, accoudée sur la table, apprend sa
leçon.

Signé et daté 1804.

Bois. Haut., 27 cent.; larg., 38 cent.

DROLLING

(MICHEL-MARTIN)

Né en 1786, mort en 1851.

64 — *Femmes italiennes.*

Deux d'entre elles portant des cruches et allant à la fontaine, une autre
assise sur une chaise.

Étude.

Toile. Haut., 38 cent.; larg., 45 cent.

DROUAIS

(HUBERT)

Né à Paris en 1727, mort en 1775.

65 — *Portrait de femme.*

Vue en buste, presque de face, chevelure poudrée ornée de petits bouquets
de fleurs bleues ; un fichu de dentelle autour du cou, mantille noire sur les
épaules.

Toile ovale. Haut., 45 cent.; larg., 36 cent.

DULIN

(PIERRE)

Né à Paris en 1669, mort en 1748.

66 — *Vertumne et Pomone.*

Ce sont évidemment deux portraits de personnages de la cour, représentés
dans un parc. Une jeune femme, sous les attributs de Pomone, assise auprès
d'un vase de marbre, regarde le dieu déguisé qui se présente tenant un masque
et suivi d'un amour.

Gravé par Petit.

Toile. Haut., 77 cent.; larg., 85 cent.

EISEN

(CHARLES)

Né à Valenciennes en 1722, mort en 1778.

67 — *Les Joueurs de dés.*

Dans un élégant salon du temps de Louis XV, une dame et deux seigneurs sont assis autour d'une table de jeu placée devant une cheminée ; les dés de l'un des deux joueurs ont été jetés sur la table : la jeune femme montre du doigt les numéros sortis.

Toile. Haut., 32 cent.; larg., 25 cent.

EISEN

(CHARLES

(DEUX PENDANTS)

68 — *Les Mères de famille.*

Elles sont chacune dans un élégant salon Louis XV tendu en soie bleue : l'une, lisant un billet ; sa petite fille joue devant elle ; l'autre, écrivant une lettre ; à sa droite, sa petite fille joue avec un chien.
Charmants petits tableaux peints sur cuivre.

Haut., 15 cent ; larg., 11 cent.

FAVRAY

(Le Chevalier ANTOINE DE

Né à Bagnolet en 1706, mort en ?

(DEUX PENDANTS)

69 — *Femmes maltaises.*

Études où l'artiste a mis des inscriptions indiquant les femmes du peuple et les femmes de la haute société.

Toile. Haut., 41 cent.; larg., 25 cent.

FRAGONARD

(JEAN-HONORÉ)

Né à Grasse en 1732, mort en 1806.

70 — *Le Songe d'amour.*

La Volupté et les Amours charment le sommeil du guerrier.

Dans l'*Art du XVIIIe siècle*, MM. de Goncourt font une description si juste de ce tableau que nous croyons devoir la reproduire :

« Sur un lit antique, un jeune guerrier sommeille, accoudé, une main à la joue, un pied glissé à terre, dans une pose de paix virgilienne. Près de lui, sur les marches, à côté de son casque et de son bouclier, un amour dort la tête plongée dans les bras, le glaive du dormeur entre ses petites jambes ; puis ce sont des chiens et un autre amour dont on voit le dos sur lequel glisse un cornet de chasse. De là, de ce sommeil et de cette nuit, se dresse comme une échelle de Jacob d'amours portant et soulevant l'assomption d'une Vénus. C'est une lumière où semblent mourir toutes les fleurs que sèment les Cupidons, où paraissent brûler toutes les flammes que secouent leurs torches. La Vénus souriante et blanche de la gaze chiffonnée autour d'elle, les chairs d'enfants des petits dieux, les nuages colorés comme du feu des trépieds, tout avance suspendu dans une fumée radieuse... »

Gravé par F. Regnault. Il provient de la vente Marcille, 1857.

Toile. Haut., 60 cent.; larg., 50 cent.

FRAGONARD

JEAN-HONORÉ

71 — *La Visite à la nourrice.*

Une jeune femme et son mari contemplent d'un air attendri leur enfant qui dort, couché dans un berceau, sous la garde d'une vieille paysanne ; les petits frères nourriciers, debout sur la droite, regardent cette scène avec curiosité. Le soleil, pénétrant par une fenêtre, éclaire de ses rayons les personnages et une partie de la chambre.

Superbe tableau.

Gravé par Ch. Courtry.

Toile. Haut., 71 cent.; larg., 90 cent.

FRAGONARD

(Genre de J. H.)

72 — *Amours sur des nuages.*

L'un tient une couronne, les autres tressent des guirlandes de fleurs.

Toile ovale. Haut., 30 cent.; larg., 38 cent.

GÉRARD

(Mme MARGUERITE)

Née à Grasse en 1761, morte en 1837.

73 — *Le Retour du fiancé.*

Un jeune officier, à l'abondante chevelure blonde, s'élance vers une jeune fille et, lui saisissant la main, l'embrasse avec effusion.

La jeune fille, vêtue d'une robe blanche avec corsage de soie rose, lui montre une lettre inachevée posée sur son bureau. La mère, assise sur la droite, les regarde avec tendresse.

Gravé sous le titre : *Je m'occupais de vous.*

Toile. Haut., 56 cent.; larg., 45 cent.

GÉRARD

Mme MARGUERITE

74 — *La Leçon de géographie.*

Deux jeunes mères élégamment vêtues. L'une portant une robe de satin rose décolletée, assise dans un fauteuil, montre sur une sphère à un petit garçon les différentes parties du globe : l'autre, debout, vêtue d'une robe de satin blanc et donnant la main à une fillette, assiste à la leçon.

Charmant tableau de l'artiste.

Toile. Haut., 59 cent.; larg., 51 cent.

GÉRARD

(Mme MARGUERITE)

75 — *Jeune Femme faisant de la broderie.*

Assise sur un canapé, les cheveux bruns bouclés, coiffée d'un chapeau de paille avec rubans roses et plumes blanches; vêtue d'une robe en soie grise décolletée; elle tient un voile de tulle sur lequel elle brode; à gauche, une harpe et une table à ouvrage où se trouve un bouquet.

Toile. Haut., 60 cent.; larg., 40 cent.

GIRODET DE ROUCY TRIOSON

(ANNE-LOUIS)

Né à Montargis en 1767, mort à Paris en 1824.

76 — *Paysage accidenté avec rochers et cours d'eau.*

> Toile. Haut., 18 cent.; larg., 25 cent.

GRANET

(FRANÇOIS-MARIUS)

Né à Aix en 1775, mort en 1849.

77 — *Le Promenoir d'un couvent.*

Sur le devant, deux moines attendent à une porte à droite de laquelle sont placés un Christ et un bénitier.

Dans le fond, la porte du jardin.

> Toile. Haut., 48 cent.; larg., 38 cent.

GRANET

(FRANÇOIS-MARIUS

78 — *La Cour d'un couvent.*

Deux religieuses lisent une lettre que leur présente un paysan, debout devant elles, le chapeau à la main et appuyé sur un bâton.

> Toile. Haut., 46 cent.; larg., 38 cent.

GREUZE

(JEAN-BAPTISTE)

Né à Tournus en 1725, mort au Louvre en 1805.

79 — *Portrait de Babuti, beau-frère de Greuze.*

De grandeur naturelle, vu en buste, la tête de trois quarts tournée vers la droite ; cheveux poudrés, habit noir, chemise à jabot.

> Toile ovale. Haut., 65 cent.; larg., 50 cent.

GREUZE

(J. B.)

80 — *La Madeleine*.

En buste, une abondante chevelure blonde couvre ses épaules, la tête penchée appuyée sur la main gauche.

Très beau dessin, à l'estompe, sanguine et crayon noir.

Haut., 40 cent.; larg., 36 cent.

GRIMOUX

(ALEXIS)

Né à Romont (Suisse) en 1680 (?), mort en 1740 (?).

81 — *Jeune Soldat*.

Vu en buste, tourné vers la droite, toque sur l'oreille, collerette plissée. Il porte une cuirasse.

Toile. Haut., 45 cent.; larg., 37 cent.

GRIMOUX

(A.)

82 — *Jeune Femme*.

Vue jusqu'à la ceinture, tournée vers la droite, les cheveux blonds relevés, vêtement blanc négligé laissant les épaules nues.

Toile. Haut., 33 cent.; larg., 25 cent.

GROS

(Le baron ANTOINE-JEAN)

Né à Paris en 1771, mort dans la même ville en 1835.

83 — *Sapho sur le rocher de Leucade*.

Venant de faire un sacrifice à Apollon, elle fait un dernier effort pour se détacher de la vie; posée sur la pointe du rocher, elle se précipite dans la mer; dans le fond, on aperçoit la lune voilée par des nuages se reflétant dans les eaux.

Ce tableau eut un très grand succès au Salon, les critiques du temps en firent beaucoup d'éloges; il fut gravé aux frais de la Société des Amis des arts. Il provient de la vente de Mme de La Rochefoucault, duchesse d'Estissac, née Dessoles.

Toile. Haut., 1 m. 20 cent.; larg., 95 cent.

HILAIR

xviiie siècle.

84 — *Femmes de l'Ile de Siphanto.*

Une jeune mère, assise au centre, balance son enfant couché dans un hamac ;
une servante, sur la gauche, est assise sur le sol.
Gravé par A. J. Duclos.

Toile. Haut., 16 cent.; larg., 23 cent.

HUBERT ROBERT

Né à Paris en 1733, mort dans la même ville en 1808.

85 — *Les Laveuses.*

Elles sont au bord d'un bassin placé au pied d'un grand escalier de pierre
passant sous des terrasses voûtées reliant de hautes constructions.
Belle qualité du maître.

Toile. Haut., 58 cent.; larg., 40 cent.

HUBERT ROBERT

86 — *Bains antiques.*

Les bassins, situés au pied de hautes terrasses surmontées de grands arbres,
servent à des femmes pour laver le linge.
Sur le devant, un bateau monté par trois pêcheurs.

Bois. Haut., 48 cent.; larg., 33 cent.

HUBERT ROBERT

87 — *Le Parc.*

Au centre, un jet d'eau au milieu d'un bassin entouré d'une balustrade de
pierre. Des jardiniers traînent un échafaudage monté sur des roues ; vers le
fond, des bosquets derrière lesquels on aperçoit une riche villa.

Toile collée sur bois. Haut., 26 cent.; larg., 37 cent.

HUBERT ROBERT

88 — *Après l'orage*.

Auprès d'un temple à colonnes, des femmes, portant leur enfant, traversent un cours d'eau qui a débordé; un homme sur la rive opposée leur tend la main pour les secourir; à droite, de vieux arbres aux troncs noueux et aux branches brisées.

Toile. Haut., 44 cent.; larg., 54 cent.

HUBERT ROBERT

89 — *L'Adoration des Mages*.

Dans l'intérieur d'un palais en ruine, la Vierge, au centre, tient dans ses bras le nouveau-né; les Mages, agenouillés et suivis de nombreux serviteurs, présentent à l'Enfant Jésus l'or, l'encens et la myrrhe.

Toile. Haut., 35 cent.; larg., 45 cent.

HUE

(J. F.

Né à Saint-Arnoult-en-Yvelines (Seine-et-Oise) en 1751, mort en 1823.

90 — *Marine; effet de soleil levant*.

Des pêcheurs hissent les voiles de leur bateau, se disposant à partir: plusieurs d'entre eux sont avec leurs femmes sur un banc de rocher placé au second plan.

Toile. Haut., 50 cent.; larg., 65 cent.

HUET

(JEAN-BAPTISTE)

Né à Paris en 1745, mort en 1811.

91 — *La Lecture*.

Un vieillard, couvert d'une houppelande rouge, assis dans un fauteuil, fait une lecture à deux jeunes paysannes, l'une tressant un panier d'osier.

Toile ovale. Haut., 44 cent.; larg., 35 cent.

ISABEY

(JEAN-BAPTISTE) le père.

92 — *Portrait de jeune femme.*

Vue à mi-corps, les cheveux blonds bouclés, vêtue d'une robe blanche.

Toile. Haut., 24 cent.; larg., 19 cent.

JACQUAND

(CLAUDE)

Né à Lyon en 1805.

93 — *Religieuses chantant l'office.*

Gravé par Allais.

Collection du duc de Feltre.

Toile. Haut., 64 cent.; larg., 52 cent.

JEAURAT

(ÉTIENNE)

Né à Paris en 1699, mort à Versailles en 1789.

94 — *Intérieur.*

Sur la gauche, une femme, assise devant une fenêtre, tricote; contre le mur du fond, des tablettes où sont posés de nombreux ustensiles de cuisine; une servante prend du linge dans une armoire. Par une porte ouverte donnant dans une pièce voisine, on aperçoit deux hommes se chauffant devant une cheminée.

Toile. Haut., 25 cent.; larg., 34 cent.

JOUVENET

(JEAN)

Né à Rouen en 1675, mort en 1717.

95 — *Le Christ descendu de la croix.*

Le corps du Christ est étendu sur le sol. Saint Jean et saint Joseph d'Arimathie le couvrent d'un linceul; sur la droite, la Vierge et deux saintes femmes en pleurs; à gauche, un homme tenant une échelle dressée contre la croix.

Toile. Haut., 90 cent.; larg., 60 cent.

JOUVENET

(JEAN)

96 — *Saint Louis après la bataille de la Massoure.*

Il fait soigner les blessés; des soldats ont défait la cuirasse d'un officier et lui donnent des soins, pendant qu'un ecclésiastique lui présente un Christ en croix; saint Louis, couvert d'une cuirasse dorée, implore Dieu, les mains jointes. Un ange plane au-dessus d'eux, tenant une palme et une couronne.

Toile cintrée de haut. Haut., 73 cent.; larg., 43 cent.

JOUVENET

(JEAN)

97 — *Dieu le Père.*

Assis sur des nuages, la tête entourée d'une lumière céleste, le bras droit tendu, la main gauche posée sur la sphère surmontée d'une croix.
Plafond de forme ronde.

Toile. Diam., 1 m. 50.

JULIEN

BERNARD-ROMAIN

Né à Bayonne en 1802.

98 — *Monuments en ruine aux environs de Rome.*

Sur le devant, une charrette et deux bœufs; une femme donnant la main à son enfant suit un sentier fuyant vers la droite.

Toile. Haut., 34 cent.; larg., 44 cent.

LACROIX

xviiie siècle.

99 — *Port de mer.*

Des pêcheurs dans leur bateau se sont arrêtés auprès d'un banc de rochers sur lequel se trouvent deux femmes; l'un d'eux porte sur sa tête un panier de poissons, les autres se disposent à jeter leurs filets; au second plan, un phare; sur la droite, des rochers escarpés et quelques constructions.
Signé à droite.

Toile. Haut., 47 cent.; larg., 63 cent.

LAFOSSE

(CHARLES DE)

Né à Paris en 1636, mort en 1716.

100 — *Apothéose de saint Louis.*

Le saint, auquel l'artiste a donné la figure de Louis XIV, est agenouillé, couvert du manteau royal fleurdelisé ; il fait bénir les armes de la France par Jésus-Christ qui est posé sur des nuages, ayant à sa droite la sainte Vierge. Une multitude d'anges les entourent, les uns faisant entendre un concert céleste, les autres portant les instruments de la Passion.

Esquisse terminée de la grande composition qu'il a exécutée dans le dôme des Invalides.

Charles Blanc, dans son *Histoire des Peintres*, dit : « De toutes les œuvres de Lafosse, celle-ci est la plus hardie, la plus savante, et celle aussi qui lui a fait le plus d'honneur. »

Gravé par Cochin. Gravé aussi dans l'*Histoire des Peintres* de Charles Blanc.

Il provient des ventes Lalive de Jully en 1770, prince de Conti en 1777, et Soret en 1868.

Toile de forme ronde.

LAFOSSE

(CHARLES DE)

101 — *L'Assomption de la Vierge.*

Elle est au centre du tableau, s'élevant vers le ciel dans une atmosphère lumineuse entourée d'anges ; les uns font un concert céleste, les autres portent des emblèmes ou des banderoles avec inscriptions à sa louange.

Esquisse terminée de la composition exécutée par l'artiste, dans la coupole de la chapelle de Choisy-le-Roi.

Vente du prince de Conti, 1777.

Toile de forme ronde. Diam., 1 mètre.

LAFOSSE

(CHARLES DE)

102 — *La Naissance de Minerve.*

Esquisse terminée de la composition exécutée par le peintre sur le plafond de la galerie Crozat.

Minerve apparaît sortie tout armée du front de Jupiter. Au-dessus d'elle, Jupiter auquel Hébé sert de l'ambroisie ; à côté d'elle, Vulcain, la main posée sur une hache ; tout autour les autres divinités de l'Olympe.

On lit dans *la Vie des peintres* de Dargenville : « On cite de Lafosse le plafond de la galerie de M. Crozat, rue Richelieu, où il a peint la naissance de Minerve sortie du cerveau de Jupiter avec plusieurs groupes de divinités ; c'est un de ses plus beaux ouvrages ».

Toile. Haut., 1 m. 40 ; larg., 1 mètre.

LAFOSSE

(Genre de CHARLES DE)

103 — *Rébecca à la fontaine.*

Toile. Haut., 37 cent. ; larg., 30 cent.

LAGRENÉE

(LOUIS), dit l'aîné.

Né à Paris en 1724, mort en 1805.

104 — *Mercure chez Hersé.*

Mercure rend visite à la jeune Athénienne Hersé dont il était amoureux et change en statue sa sœur Aglaure qui, animée de jalousie, voulait troubler leur tête-à-tête.

Signé et daté 1778.

Toile. Haut., 1 m. 4 cent ; larg., 84 cent.

LAGRENÉE

(LOUIS), dit l'aîné.

105 — *Nymphe au bain.*

Elle est debout, un genou posé sur un talus gazonné ; elle se dispose à sortir du bain, retenant avec la main gauche une étoffe blanche qui entoure son corps ; à droite, un petit amour.

Signé.

Cuivre. Haut., 26 cent. ; larg., 20 cent.

LAGRENÉE

(LOUIS), dit l'aîné.

(PENDANT DU PRÉCÉDENT)

106 — *Nymphe au repos.*

Assise au pied de quelques arbres, les jambes croisées, elle regarde un petit amour soulevant une draperie rose dont la pointe est posée sur le bras droit de la nymphe.

Cuivre. Haut., 26 cent.; larg., 20 cent.

LAJOUE

(JACQUES)

Né à Paris en 1687, mort en 1761.

107 — *Famille dans un parc.*

Le père, les jambes croisées, assis sur un banc de pierre, pince de la guitare ; la mère est assise à sa gauche ; leur jeune fille, vêtue d'une robe rose avec tablier blanc, est debout devant eux.

Toile. Haut., 64 cent.; larg., 52 cent.

LAJOUE

(JACQUES)

108 — *Vue prise dans un parc.*

Au centre, une fontaine monumentale avec grands escaliers ; à gauche, de grands arbres formant un berceau ; au premier plan, deux personnages debout au bord d'un bassin.

Toile. Haut., 42 cent.; larg., 51 cent.

LANCRET

NICOLAS,

Né à Paris en 1690, mort dans la même ville en 1743.

109 — *La Rêveuse.*

Assise dans un paysage au pied de quelques arbres, les jambes croisées, elle tient un éventail. Elle est vêtue d'un costume à la russe, bonnet rouge et blanc, et enveloppée dans un pardessus de soie rougeâtre doublé de fourrure, manches blanches à raies bleues.

Ravissant petit tableau, digne par la finesse et la fermeté de l'exécution des plus spirituelles productions de Watteau.

Gravé par Aveline sous le nom de Watteau.

Gravé par Léon Gaucherel.

Bois. Haut., 23 cent.; larg., 17 cent.

LANCRET

NICOLAS

110 — *Le Joueur de basse.*

Ce doit être le portrait d'un célèbre musicien de l'époque.

Il est dans un paysage, assis sur un tertre, tenant son instrument et exécutant un morceau; il porte une perruque blonde poudrée, un habit grisâtre avec gilet ouvert sur la poitrine, manchettes de dentelles.

Œuvre remarquable de l'artiste.

Ce tableau, qui a figuré à l'Exposition des œuvres des maîtres français qui se fit boulevard des Italiens, en 1860, fut très admiré de Théophile Gautier, qui a dit dans son feuilleton du *Moniteur Universel :*

« C'est un morceau très bien venu que *le Joueur de basse*. Il y a de l'originalité et de l'inspiration dans cette maigre figure à nez busqué, dont les joues sont flagellées par une longue perruque qui suit le *tremolo* de l'archet. Comme il embrasse, comme il couve l'énorme instrument auquel il communique son âme, ce musicien enivré de son art et jouant pour lui tout seul ! On a souvent attribué cette toile à Watteau : quel plus bel éloge en saurait-on faire ? »

Il provient de la collection du comte d'Houdetot, 1859.

Gravé par Géry Bichard.

Toile. Haut., 50 cent.; larg., 34 cent.

LANTARA

(SIMON-MATHURIN)

Né à Oncy (Seine-et-Oise) le 24 mars 1729, mort à Paris le 22 décembre 1778.

111 — *Le Château fort*.

Il est flanqué de deux tours et placé au bord d'une rivière que traverse un pont de bois ; sur le devant, des pêcheurs ont jeté leurs filets ; à gauche, deux saules se détachant sur un ciel brillant et vaporeux ; à droite, des rochers surmontés de quelques arbres.

Toile. Haut., 26 cent.; larg., 37 cent.

LANTARA

(S. M.)

112 — *Paysage*.

Une rivière se perdant à l'horizon baigne, au premier plan, des rochers escarpés que dominent des bâtiments en ruine ; à gauche, un arbre brisé se détachant sur un ciel clair et vaporeux.

Signé à droite.

Toile. Haut., 51 cent.; larg., 64 cent.

LANTARA

(S. M.)

(DEUX PENDANTS)

113 — *Entrées de villages*.

Effets de clair de lune.

Bois. Haut., 6 cent.; larg., 9 cent.

LARGILLIÈRE

(Attribué à NICOLAS DE)

114 — *Portrait présumé de Subleyras*.

Il est debout, vu à mi-corps, tourné vers la droite, tenant un crayon et une feuille de papier. Il porte une perruque poudrée, un vêtement de velours violacé avec manteau grenat ; devant lui est posée une statuette.

Toile. Haut., 1 m. 25 cent.; larg., 95 cent.

LATOUR

(MAURICE QUENTIN DE)

Né à Saint-Quentin en 1704, mort dans la même ville en 1788.

115 — *Son portrait par lui-même.*

Il s'est représenté en Démocrite suivant une notice du temps ; il montre du doigt et rit d'un air moqueur.

Pastel. Haut., 55 cent.; larg., 44 cent.

LEBLANC

XIXe siècle.

116 — *Intérieur d'un couvent en Italie.*

Une femme est assise devant une porte donnant sur un corridor sombre : au second plan, un moine traverse une cour dont les murs blancs sont vivement éclairés par le soleil.

Toile. Haut., 57 cent.; larg., 42 cent.

LECLERC

(J. SÉBASTIEN) des Gobelins

Né à Paris en 1734, mort en 1785.

117 — *La Confidence.*

Un gentilhomme cause avec une jeune femme dans une vaste pièce servant de cuisine. Dans le fond, deux servantes semblent les épier.

Bois. Haut., 22 cent.; larg., 29 cent.

LE MOINE

(FRANÇOIS)

Né à Paris en 1688, mort dans la même ville en 1737.

118 — *L'Assomption de la Vierge.*

La Vierge est au centre, posée sur des nuages, montant au ciel qui s'illumine et s'ouvre. Elle est entourée d'une multitude d'anges et de saints.

Esquisse terminée de la grande composition que l'artiste a exécutée dans la coupole de la chapelle de la Vierge, à l'église Sainte-Sulpice.

Voici ce qu'en dit d'Argenville dans *la Vie des peintres :*

« Ce fut dans ce morceau que Le Moine se distingua par les beaux groupes et par la fraîcheur de son coloris. La Vierge s'élève au ciel, soutenue sur un nuage et environnée d'anges dont les uns portent des attributs et les autres forment des concerts. Saint Pierre est à droite et saint Sulpice à gauche. Ce magnifique groupe, des mieux contrastés, est composé d'environ quinze figures dans les Chérubins qui l'environnent. On voit sur un côté les Pères de l'Église et les chefs d'Ordres qui publient les louanges de Marie et, sur l'autre, les Vierges qui, sous sa protection, reçoivent les palmes de la main d'un ange. Le peintre, par une multitude de peuple à genoux qu'il a placé sur un des bords du plafond, a voulu représenter les paroissiens avec leur pasteur ; on y compte au moins quarante figures très belles et très variées. »

Il provient de la vente Randon de Boisset, en 1777.

Toile.

LE MOINE

(FRANÇOIS)

119 — *Mme de Montespan.*

Représentée en Vénus victorieuse.

Un amour lui présente la pomme, un autre la couronne de fleurs, deux autres tiennent deux colombes ; elle foule aux pieds le casque de Minerve tandis que le paon de Junon s'enfuit en la regardant avec colère ; sur le premier plan, un amour vu de dos lui montre du doigt les attributs de la victoire.

Le cadre en bois sculpté fait pour le tableau est surmonté d'un écusson aux armes de Mme de Montespan.

Toile. Haut., 47 cent.; larg., 33 cent.

LENAIN

xvii° siècle.

120 — *Le Cabaret en plein vent.*

Des villageois, groupés devant la porte du cabaret, regardent une femme qui prend du vin à un tonneau ; un jeune garçon leur présente une corbeille de gâteaux ; un chien est auprès d'eux.

Toile. Haut., 60 cent.; larg., 73 cent.

LENAIN

121 — *Intérieur rustique.*

Un vieux paysan, assis auprès d'une table, tenant une cruche en terre vernie et une écuelle, cause avec une servante qui tient une quenouille et file devant une cheminée.

Toile. Haut., 36 cent.; larg., 29 cent.

· LENFANT

(PIERRE)

1704-1787, Anet (près de Dreux).

122 — *Le Camp.*

Sur le devant, des soldats jouent aux dés, pendant que d'autres boivent assis sous une tente.

Toile. Haut., 54 cent.; larg., 45 cent.

LÉPICIÉ

(NICOLAS-BERNARD)

Né à Paris en 1735, mort en 1784.

123 — *La Bonne Mère.*

Elle est assise auprès d'une fenêtre, tenant sur ses genoux le berceau où est couché un enfant aux grosses joues roses, à l'œil éveillé; la mère, dont la physionomie respire la douceur et la bonté, a un fichu noué sous le menton, une robe rougeâtre en partie cachée par un ample tablier vert; près d'elle, un pot de grès et un chat couché sur une chaise.

Signé en toutes lettres et daté 1774.

Remarquable et charmant tableau de l'artiste.

Gravé par Bocourt.

Bois. Haut., 40 cent.; larg., 32 cent.

LÉPICIÉ

(NICOLAS-BERNARD)

124 — *La Grand'Mère.*

Vue en buste, coiffée d'un bonnet blanc; robe rougeâtre, mouchoir gris rayé autour du cou, tablier à bavette.

Beau spécimen de l'artiste.

Signé et daté 1774.

Bois. Haut., 19 cent.; larg., 16 cent.

LÉPICIÉ

(NICOLAS-BERNARD)

125 — *La Boutique du barbier.*

Au centre, un homme, la tête chauve, assis sur un fauteuil, tenant un plat à barbe, et un garçon occupé à le raser; sur la droite, un paysan, le tricorne sur la tête, appuyé sur sa canne, regardant un garçon préparer une perruque; près d'eux, un personnage que l'on frise; au second plan, on aperçoit par une porte ouverte plusieurs femmes, assises autour d'une table devant une fenêtre, occupées à dresser des chevelures.

Très curieux tableau.

Toile. Haut., 31 cent.; larg., 45 cent.

LE PRINCE

(JEAN-BAPTISTE)

Né à Metz en 1733, mort en 1781.

126 — *Les Bords de la Néva, près Saint-Pétersbourg.*

Des dames et des seigneurs venus en gondole achètent du poisson à des pêcheurs ; à gauche, des cabanes en bois, une femme conduisant une vache et des moujiks qui tournent un cabestan. De nombreuses figures complètent la composition. Le fleuve se déroule au milieu des dunes, se perdant à l'horizon.
Signé et daté 1765.
A figuré au Salon de 1765.
Provient de la vente du général Servatius. en 1854.

Toile. Haut., 64 cent.; larg., 1 m. 30 cent.

LE PRINCE

(JEAN-BAPTISTE)

127 — *Corps de garde russe.*

Des soldats, groupés au pied d'un escalier, auprès d'un trophée de drapeaux, font de la musique ; l'un chante avec une jeune femme qu'il tient assise sur ses genoux ; un autre pince un instrument à cordes ; un troisième joue de la flûte ; au second plan, un officier debout et quelques soldats causant et jouant aux cartes.
Gravé par Leveau en 1778.

Toile. Haut., 43 cent.; larg., 54 cent.

LE PRINCE

(JEAN-BAPTISTE)

128 — *Paysage accidenté.*

Des chasseurs se sont arrêtés devant une maison de villageois élevée sur un petit monticule ; près d'eux, une femme prenant de l'eau à un puits. Sur la gauche, un paysage fuyant coupé par des bouquets d'arbres.

Toile. Haut., 38 cent.; larg., 35 cent.

4

LOUTHERBOURG

(PIERRE-JEAN DE)

Né à Strasbourg en 1740, mort en 1814.

129 — *Marine*.

Représentant un soleil couchant avec embarquement pour un régal, à bord d'un vaisseau de guerre. (Notice du Salon de 1771.)

Un bateau conduit par plusieurs rameurs s'est arrêté devant la terrasse d'une magnifique villa donnant sur la mer; des jeunes femmes, accompagnées de plusieurs gentilshommes, entrent dans le bateau, qui a été pavoisé pour les recevoir; au second plan, sur la gauche, un vaisseau de guerre tire des salves d'artillerie pour signaler le départ de la noble compagnie; sur la droite, les grands arbres et les bosquets du parc éclairés par les rayons du soleil couchant; vers le fond, un phare.

On lit dans la critique du Salon de 1771, par Diderot : « Quelle chaleur de ciel ! quel air embrasé ! On respire à peine à la vue de ce tableau. Tout s'y ressent de la chaleur d'un grand jour d'été. Je n'en excepte pas même les figures qui sont pleines de vie, d'esprit, et bien dessinées. »

Bachaumont, dans ses *Mémoires secrets*, cite aussi ce tableau avec éloges.

Signé et daté 1771.

Il a fait partie de la galerie du comte Perrégaux et provient de la vente de la duchesse de Raguse, sa fille (1857).

Toile. Haut., 80 cent.; larg., 95 cent.

LOUTHERBOURG

(PIERRE-JEAN DE)

130 — *Le Mouton chéri*.

Une bergère, assise dans un paysage, caresse une brebis, tandis qu'un petit garçon la fait manger dans son chapeau.

Ce tableau a figuré comme le précédent au Salon de 1771, où il avait pour pendant un autre tableau : *l'Amant curieux*.

Voici ce qu'en dit Diderot, dans le compte rendu de ce Salon:

« *Le Mouton chéri*. Bien différent de son pendant ci-dessus, ce morceau est d'une finesse et d'une légèreté de dessin et de touche qui charment ; le coloris en est piquant et agréable. »

Signé et daté 1770.

Il a été gravé par Leveau sous le titre : *l'Agneau chéri*.

Toile. Haut., 23 cent.; larg., 32 cent.

MEULEN
(ANTON-FRANZ VAN DER)
Né à Bruxelles en 1634, mort à Paris en 1690.

131 — *Le Carrosse du roi.*

Il est attelé de six chevaux gris et entouré de seigneurs à cheval; l'un d'eux, le chapeau à la main, placé près de 'a portière, paraît prendre les ordres.

Toile. Haut., 52 cent.; larg., 70 cent.

MICHALLON
(ACHILLE-ETNA)
Né à Paris en 1796, mort dans la même ville en 1822.

132 — *Paysage; soleil levant.*

Quelques arbres s'élèvent au-dessus d'un monticule au pied duquel est une fontaine où deux femmes prennent de l'eau; au second plan, un cavalier; plus loin, un cours d'eau; sur les bords, des arbres et des maisons noyés dans les vapeurs du matin.

Toile. Haut., 50 cent.; larg., 60 cent.

MIGNARD
(PIERRE)
Né à Troyes en 1610, mort à Paris en 1695.

133 — *Les Petits Fleuves.*

Deux enfants nus, couronnés de roseaux et appuyés sur une urne d'où s'échappe un cours d'eau, sont surpris par un satyre qui se présente sur la gauche en écartant des branchages.

Toile. Haut., 40 cent.; larg., 50 cent.

NAIGEON
(JEAN)
Né à Beaune (Côte-d'Or) en 1747, mort en 1832.

134 — *L'Atelier de l'artiste.*

Il est avec sa famille debout, tenant sa palette et causant avec un personnage vêtu d'un habit bleu, qui tient un livre; au second plan, une jeune femme et un jeune homme cherchent des dessins dans un portefeuille.

Toile. Haut., 50 cent., larg., 65 cent.

NATOIRE

(CHARLES-JOSEPH)

Né à Nimes en 1700, mort à Castel-Gandolfo en 1777.

135 — *Triomphe de Bacchus.*

Le dieu est assis sur un char traîné par des panthères ; un petit amour voltigeant au-dessus lui pose une couronne sur la tête ; il est entouré de nymphes et de faunes dansant ; à droite, une bacchante appuyée sur un vase d'or renversé ; près d'elle, un enfant endormi et deux satyres jouant d'un instrument champêtre.

Toile. Haut., 1 m. 48 cent.; larg., 1 m. 98 cent.

NATOIRE

(CHARLES-JOSEPH)

136 — *La Conversion de saint Paul.*

Le saint, renversé sur le sol auprès de son cheval, est secouru par un soldat de sa suite qui cherche à le relever. Le Christ apparaît dans le ciel, entouré d'anges et tenant la croix.

Signé à droite.

Toile. Haut., 71 cent.; larg., 46 cent.

NATTIER

(JEAN-MARC)

Né à Paris le 17 mars 1685, mort dans la même ville le 17 novembre 1766.

137 — *Portrait de Madame de X...*

Vue en buste, vêtue d'une robe blanche laissant les épaules et les bras nus, les cheveux blonds relevés, légèrement poudrés et ornés de quelques fleurs ; la jeune dame, dont les joues sont vivement colorées, regarde vers la gauche.

Gracieux et beau portrait.

Toile. Haut., 60 cent.; larg., 48 cent.

NATTIER

(J. M.)

138 — *Portrait de jeune femme.*

Vue en buste, les cheveux relevés et poudrés, un petit ruban noué autour du cou, vêtue d'une robe décolletée, avec guirlande de fleurs.

Toile. Haut., 38 cent.; larg., 33 cent.

NATTIER

(J.M.)

139 — *Jeune Fille en buste.*

Les cheveux relevés et poudrés, ornés de fleurs ; robe décolletée et écharpe bleue.

Pastel. Haut., 54 cent.; larg., 44 cent.

NATTIER

(Attribué à J. M.)

140 — *La Source.*

Sous les traits d'une jeune femme, assise dans les roseaux ; les cheveux relevés et poudrés, vêtue d'une robe blanche, laissant l'épaule droite nue ; elle s'appuie sur une urne d'où sort un cours d'eau.

Toile. Haut., 80 cent.; larg., 63 cent.

NETSCHER

(CONSTANTIN)

Né à La Haye en 1670, mort en 1722.

141 — *Jupiter et Calisto.*

La jeune nymphe, que l'on croit être Mlle de Fontanges, est assise, les épaules nues, une draperie bleue à broderies d'or attachée à la ceinture ; Jupiter, sous les traits de Diane, se penche vers elle, la prenant dans ses bras. — Sur la droite, un petit amour tenant un masque.

Toile. Haut., 52 cent.; larg., 42 cent.

NOTER

(PIERRE-FRANÇOIS DE)

1779-1842.

142 — *Vue de Hollande.*

Au premier plan, un canal traversé par un pont en ruine.

Bois. Haut., 34 cent.; larg., 27 cent.

OUDRY

(JEAN-BAPTISTE)

Né à Paris le 17 mars 1686, mort à Beauvais le 3 avril 1755.

143 — *Les Animaux malades de la peste*. Fable de La Fontaine.

> « Je me dévouerai donc, s'il le faut; mais je pense
> « Qu'il est bon que chacun s'accuse ainsi que moi;
> « Car on doit souhaiter, selon toute justice,
> « Que le plus coupable périsse. »
>
> LA FONTAINE.

Bois. Haut., 60 cent.; larg., 80 cent.

OUDRY

(JEAN-BAPTISTE)

144 — *Le Renard et les Poules*. Fable de La Fontaine.

Toile. Haut., 40 cent.; larg., 60 cent.

PARROCEL

(JOSEPH)

Né à Brignoles (Provence) en 1648, mort à Paris en 1704.

145 — *Cavaliers en marche*.

Ils sont arrêtés au bord d'une rivière; sur la rive opposée on voit une forteresse.

Toile. Haut., 32 cent.; larg., 46 cent.

PARROCEL

(J.)

146 — *Bataille*.

Une mêlée furieuse se livre entre cavaliers; plusieurs gisent sur le sol, sous les pieds des chevaux.

Tableau inachevé.

Toile. Haut., 51 cent.; larg., 80 cent.

PARROCEL

(CHARLES)

Né à Paris en 1688, mort dans la même ville en 1752.

147 — *Officier à cheval.*

Toile. Haut., 31 cent.; larg., 24 cent.

PATEL

Né en Picardie vers le commencement du xvii⁰ siècle, mort vers 1676.

148 — *Paysage.*

Les restes d'un temple s'élèvent sur la gauche auprès de quelques arbres; vers le fond, un pont traversant une rivière et conduisant à un château flanqué de tours dans les angles.

Toile. Haut., 25 cent.; larg., 32 cent.

PATER

(JEAN-BAPTISTE)

Né à Valenciennes en 1695, mort à Paris en 1736.

149 — *Le Repos dans le parc.*

Une élégante compagnie est réunie auprès d'une fontaine; une jeune dame, vêtue d'une robe de satin blanc avec pardessus en soie rose, cause avec un jeune homme qui tient une cornemuse : sur la droite, une fillette ramasse des fleurs; un jeune galant présente une couronne de roses à sa compagne.
Sur la gauche, un couple assis à l'écart et causant.

Toile. Haut., 58 cent.; larg., 70 cent.

PATER

(JEAN-BAPTISTE)

150 — *Des Bohémiens.*

A droite, une femme assise tenant une guitare; près d'elle, six enfants, filles ou garçons, dont l'aîné a les mains dans un manchon.
Esquisse.

Toile. Haut., 50 cent.; larg., 35 cent.

PIERRE

(Attribué à JEAN-MARIE)

151 — *Castor et Pollux venant supplier Jupiter de ne pas les séparer.*

Dans le haut de la composition, Jupiter et Junon entourés des dieux de la mythologie ; dans le bas, Hercule combattant l'hydre de Lerne.

Toile. Haut., 74 cent.; larg., 48 cent.

RAGUENET

XVIIIᵉ siècle.

152 — *Les Joutes du Pont au Change.*

Les jouteurs, montés dans des bateaux, marchent dans toutes les directions ; une femme, debout sur la pointe de l'un d'eux, est de la partie.

Les fenêtres des maisons élevées sur le pont sont envahies par une multitude de spectateurs.

Très curieux tableau.

Toile. Haut., 57 cent.; larg., 95 cent.

RAOUX

(JEAN)

Né à Montpellier en 1677, mort en 1734.

153 — *La Jeune Musicienne.*

Assise sur un banc de pierre, elle chante en s'accompagnant de la guitare.

Toile. Haut., 23 cent.; larg., 18 cent.

REGNAULT

(JEAN-BAPTISTE)

Né à Paris en 1754, mort dans la même ville en 1829.

154 — *Socrate et Alcibiade.*

Socrate a saisi le bras d'Alcibiade, l'obligeant à quitter la maison des courtisanes; l'une d'elles, tenant le jeune Athénien dans ses bras, cherche à le retenir.

Toile. Haut., 92 cent.; larg., 1 m. 25 cent.

REGNAULT

(J. B.)

155 — *La Volupté*.

Représentée nue, vue à mi-corps, se pressant le sein, elle tient une coupe dans laquelle s'agite un serpent.

Bois. Haut., 32 cent.; larg., 23 cent.

REGNAULT

(J. B.)

156 — *Les Baisers de l'amour*.

Une jeune fille, à demi vêtue, assise sur un lit de repos, tient dans ses bras un Amour qu'elle embrasse : le petit Amour, qui a posé à terre son carquois, lui rend ses caresses; près d'eux, un brasier.

Bois. Haut., 43 cent.; larg., 33 cent.

RIGAUD

(HYACINTHE)

Né à Perpignan le 20 juillet 1654, mort à Paris le 27 décembre 1743.

157 — *Louis XV enfant*.

Vu jusqu'à la ceinture, tourné vers la droite, la main gauche posée sur une sphère surmontée d'une croix, la tête de trois quarts regardant le spectateur, les cheveux blonds bouclés et légèrement poudrés, il porte un habit de satin blanc en partie caché par un manteau bleu qu'il retient sur sa poitrine avec la main droite.

Gracieux et charmant portrait; la figure du jeune roi est charmante et pleine de vie. Nous ne croyons pas que l'on puisse trouver plus beau du maître.

Toile. Haut., 53 cent.; larg., 42 cent.

RIGAUD

(HYACINTHE)

158 — *Portrait d'un jeune seigneur*.

Assis, vu à mi-corps, il porte une abondante perruque blonde bouclée retombant sur ses épaules, le bras gauche appuyé sur une table. Il est drapé dans un ample manteau grenat brodé sur les bords. Jabot et manchettes de dentelles.

Toile. Haut., 1 mètre; larg., 80 cent.

RIGAUD

(HYACINTHE)

159 — *Portrait de la grand'mère de l'artiste.*

Vue en buste, la tête de trois quarts tournée légèrement vers la droite, elle porte une robe de soie noire et une capeline sur la tête.

Toile ovale. Haut., 61 cent.; larg., 45 cent.

ROBERT-FLEURY

XIXᵉ siècle.

160 — *Les Joueurs de cartes.*

Dans la cour d'une caserne, l'un des deux joueurs vêtu de blanc, assis sur un escabeau ; l'autre, agenouillé sur le sol, jette son atout ; un troisième personnage. debout près d'eux, suit le jeu.
Signé à gauche.

Toile. Haut., 37 cent.; larg., 45 cent.

SANTERRE

(JEAN-BAPTISTE)

Né à Magny, près Pontoise, en 1650, mort en 1717.

161 — *La Géométrie.*

Sous la figure d'une jeune femme pensive, la main sur le front, la tête de profil, vêtue d'une robe jaune décolletée, elle tient un compas.
Gravé par Bricart.

Toile. Haut., 80 cent.; larg., 63 cent.

SANTERRE

(J. B.)

162 — *Le Billet.*

Une jeune femme assise, vue jusqu'aux genoux, tient un billet ouvert sur une table et fait signe du doigt à une personne qui lui fait face.

Toile. Haut., 80 cent.; larg., 65 cent.

SCHNETZ

(JEAN-VICTOR)

Né à Versailles en 1787, mort en 1870

163 — *Tête d'homme.*

De profil, tournée à gauche, coiffée d'un bonnet fourré.
Étude.

Toile ovale. Haut., 60 cent.; larg., 50 cent.

SENAVE

(JACQUES-ALBERT)

Né à Loo, près de Furnes, en 1758, mort en 1829.

164 — *Le Concert.*

Trois personnages sont groupés; au centre, une jeune femme debout, vêtue d'un corsage en velours rouge avec jupon de satin blanc, se dispose à jouer du luth; devant elle, un homme assis et une femme tenant une partition. Dans le fond, un atelier de jeunes artistes, les uns dessinant, les autres faisant de la peinture.

Bois. Haut., 53 cent.; larg., 72 cent.

SENAVE

(JACQUES-ALBERT)

165 — *Un Marché, à Rome.*

Les marchands sont installés autour d'un temple en ruine, près de la statue d'un gladiateur; une femme tenant des balances sert des fruits à deux petites filles, pendant qu'une autre, courbée sur le sol, ramasse des pommes. Une multitude d'autres personnages placés à différents plans animent cette composition.

Bois. Haut., 44 cent.; larg., 55 cent.

SENAVE

(JACQUES-ALBERT

166 — *Le Maréchal ferrant.*

Il est dans son atelier, occupé à ferrer un cheval blanc de roulier; quelques volailles picorent près de lui; à gauche, une fenêtre ouverte donnant sur la campagne.

Bois. Haut., 18 cent.; larg., 25 cent.

SPAENDONCK

(GÉRARD VAN)

Né à Tilbourg en 1746, mort à Paris en 1822.

167 — *Fleurs dans un vase.*

Des roses, une tulipe, des pavots, des œillets, une branche de campanules et autres fleurs, dans un vase de marbre monté en bronze, posé sur une console auprès d'un chardonneret avec son nid.

Signé en toutes lettres.

Toile. Haut., 44 cent.; larg., 36 cent.

SUBLEYRAS

(PIERRE)

Né à Uzès en 1699, mort à Rome en 1749.

168 — *La Courtisane amoureuse.* Conte de La Fontaine.

« Ce ne fut tout; elle le déchaussa.
« Quoi! de sa main? Quoi! Constance elle-même? »

La Fontaine.

Camille, couvert d'une robe de chambre, est assis dans un fauteuil; la jeune femme, vêtue d'une élégante robe bleue, est agenouillée devant lui et lui ôte ses chaussettes.

Ce tableau a été gravé par Pierre. — Il provient des ventes : Randon de Boisset, en 1777; Trouard, en 1779; marquis de Saint-Marc, en 1859.

Toile. Haut., 30 cent.; larg., 23 cent.

SUBLEYRAS

(PIERRE)

169 — *L'Ermite*. Conte de La Fontaine.

La mère amène sa jeune fille au frère Luce, qui simule l'effroi en voyant ces deux femmes dans sa cellule.

> « Je crains, dit-il, les ruses du malin :
> « Dispensez-moi ; le sexe féminin
> « Ne doit avoir en ma cellule entrée. »
>   LA FONTAINE.

Le Musée du Louvre possède un tableau analogue, mais avec de notables différences.

Gravé par Pierre.

Il provient des ventes : Natoire, peintre, en 1778 ; Hubert Robert, en 1809 ; comte d'Houdetot, en 1859.

Toile. Haut., 30 cent.; larg., 26 cent.

SWEBACH

(JACQUES), dit FONTAINE.
Né à Metz en 1769, mort en 1823.

170 — *Le Camp*.

Trois cavaliers font halte auprès d'une cantine où sont attablés quelques villageois ; l'un des cavaliers, se tournant vers une femme qui donne la main à un enfant, lui demande son chemin.

Toile. Haut., 23 cent.; larg., 32 cent.

TARAVAL

(HUGUES)
Né en 1728, mort à Paris en 1785.

171 — *L'Alchimiste*.

Accoudé sur un livre ouvert, posé sur une table, il examine le contenu d'une bouteille.

Toile. Haut., 46 cent.; larg., 38 cent.

TAUNAY

(NICOLAS-ANTOINE)

Né à **Paris** en 1755, mort dans la même ville en 1830.

172 — *Le Café des Arts.*

Ce café, à la fin du siècle dernier, était le lieu de rendez-vous des artistes; Taunay les a représentés dans la salle de billard : une partie est engagée; l'un des joueurs, qui se disposait à toucher la bille, se retourne pour interpeller un personnage coiffé d'un chapeau à larges bords (que l'on suppose être David); drapé dans un manteau rouge, un homme, vu de dos, est assis près d'eux. Les joueurs attendent le résultat du coup.

La salle est éclairée par deux fenêtres placées à gauche; à droite, l'un des convives ouvre une porte près de laquelle est accroché un manteau.

Ce précieux petit tableau s'est acquis une célébrité par le sujet qu'il représente et par la finesse avec laquelle il a été exécuté.

Bois. Haut., 16 cent.; larg., 22 cent.

TAUNAY

(NICOLAS-ANTOINE)

173 — *La Sortie des troupeaux.*

Dans un site montueux, sur lequel s'élèvent quelques constructions italiennes, une femme montée sur un âne et un berger drapé dans son manteau chassent devant eux un troupeau de vaches et de moutons; sur la gauche, au second plan, un sentier sur lequel chemine une femme portant une corbeille.

Le soleil apparaissant à l'horizon illumine la campagne; les arbres et les maisons projettent des ombres qui s'étendent vers la gauche.

Bois. Haut., 22 cent.; larg., 30 cent.

TAUNAY

(NICOLAS-ANTOINE)

(PENDANT DU PRÉCÉDENT)

174 — *La Rentrée des troupeaux.*

La porte de la ferme est grande ouverte, les bergers rentrent suivis de leurs troupeaux; sur le devant, un âne se roule sur le sol, soulevant la poussière auprès d'un chien qui aboie; à droite, un grand arbre et un puits où un valet puise de l'eau.

Tableau d'un ton blond, éclairé par les rayons d'un soleil couchant.

Bois. Haut., 22 cent.; larg., 30 cent.

TAUNAY

(NICOLAS-ANTOINE)

175 — *La Maison de campagne.*

Sur la droite, un jardinier vu de dos; au centre, deux jeunes femmes et un vieillard sous un hangar au-dessus duquel voltigent des pigeons.

Toile. Haut., 40 cent.; larg., 31 cent.

TAUNAY

NICOLAS-ANTOINE

176 — *Laveuses au bord d'un cours d'eau.*

Au second plan, des constructions italiennes.

Toile. Haut., 28 cent.; larg., 38 cent.

THÉOLON

(ÉTIENNE)

Né à Aigues-Mortes en 1739, mort en 1780.

177 — *Femme âgée.*

Vue à mi-corps, tournée vers la gauche, elle est enveloppée dans un épais manteau de couleur sombre.

Bois. Haut., 18 cent.; larg., 13 cent.

TOCQUÉ

(LOUIS)

Né en 1696, mort au Louvre en 1772.

178 — *Portrait de jeune femme.*

Vue jusqu'à la ceinture, accoudée sur une balustrade de pierre en partie couverte par un rideau en velours grenat, robe décolletée ornée de rubans bleus, manteau de soie violette à pois doublé de fourrure; la figure, vue de face, regardant le spectateur; un grain de beauté sur le menton.

Toile. Haut., 80 cent.; larg., 64 cent.

TOCQUÉ

(LOUIS)

179 — *Portrait d'un gentilhomme.*

Debout, vu à mi-corps, presque de face, les bras croisés, la main droite dans le gilet, habit en velours bleu doublé de fourrure, cravate blanche, jabot et manchettes de dentelles.

Toile. Haut., 80 cent.; larg., 64 cent.

TOCQUÉ

(LOUIS)

180 — *Portrait de jeune Femme.*

Debout, vue à mi-corps, presque de face, le bras gauche appuyé sur le dossier d'un fauteuil; elle tient un petit portrait en miniature. Les cheveux relevés et poudrés, robe blanche décolletée; des dentelles bouillonnées lui entourent le cou et descendent sur la poitrine; une rose est placée à son corsage.

Charmant petit portrait.

Bois. Haut., 25 cent.; larg., 20 cent.

TOCQUÉ

(LOUIS)

181 — *Portrait de femme.*

Vue à mi-corps, la tête de face, cheveux relevés et poudrés avec boucles tombant sur les épaules; robe grise décolletée, manteau de velours bleu.

Toile. Haut., 78 cent.; larg., 60 cent.

TRÉMOLLIÈRE

(PIERRE-CHARLES)

1703 (?) 1739, Cholet, en Anjou.

182 — *Agar dans le désert.*

Elle est assise regardant l'ange qui lui apparaît les ailes déployées; elle lui montre son fils Ismael étendu sur le sol; à ses pieds, une urne renversée.

Toile. Haut., 1 mètre; larg., 80 cent.

VALLIN

xixe siècle.

183 — *L'Offrande au dieu Pan.*

Au milieu d'une campagne baignée par un ruisseau, une bacchante, étendue sur une peau de panthère, entourée de ses enfants ; à gauche, une jeune femme et un jeune homme offrent une corbeille de raisins à la statue du dieu Pan.
Signé et daté 1793.

Bois. Haut., 38 cent.; larg., 50 cent.

VAN DAEL

JEAN-FRANÇOIS;

Né à Anvers en 1764, mort en 1840.

184 — *Fleurs.*

Une branche de fleurs de pommier et des oreilles-d'ours, dans un verre de cristal posé sur une console de marbre auprès de trois anémones de différentes couleurs.
Signé.
Provenant de la vente après décès de Van Os.

Bois. Haut., 36 cent ; larg., 28 cent.

VAN LOO

(CARLE)

Né à Nice, le 15 février 1705, mort à Paris le 15 juillet 1765.

185 — *La Sultane.*

Assise sur des coussins auprès d'une table où est posé un vase contenant des fleurs, elle joue de la mandoline, les cheveux blonds serrés dans un fichu blanc à petites raies bleues ; vêtue d'un costume oriental, veston rougeâtre brodé, robe blanche à raies d'or ouverte sur la poitrine.
Beau tableau de l'artiste, provenant de la vente du duc de Deux-Ponts, en 1778, et de la vente E. Vavin.

Toile. Haut., 1 m. 30 cent.; larg., 95 cent.

VAN LOO

(CARLE)

186 — *Portrait de femme.*

Vue jusqu'à la ceinture, les mains dans un manchon, la tête de trois quarts tournée légèrement à gauche, cheveux poudrés, bonnet de dentelles avec rubans roses, les épaules couvertes d'une mantille de satin blanc doublée de fourrure.

Toile. Haut., 60 cent.; larg., 48 cent.

VAN LOO

CARLE

187 — *La Fuite en Égypte.*

La Vierge, couverte d'un ample manteau bleu et tenant dans ses bras l'Enfant endormi, marche sur la gauche, guidée par saint Joseph; ils sont accompagnés par trois chérubins.

Signé et daté 1736.

Toile cintrée du haut. Haut., 1 m. 15 cent.; larg., 1 m. 35 cent.

VAN LOO

LOUIS-MICHEL

Né à Toulon en 1707, mort à Paris en 1771.

188 — *Portrait présumé de Grandval, acteur de la Comédie-Française.*

En buste, vu de face, cheveux relevés et poudrés; il est couvert d'une robe de chambre en velours rougeâtre doublée de fourrure.

Toile ovale. Haut., 65 cent.; larg., 53 cent.

VAN LOO

(CÉSAR)

Né à Paris en 1743, mort en 1824(?)

189 — *Paysage; effet d'hiver.*

Le sol est couvert de neige. Un homme et une femme portant un fagot attendent au pied d'un arbre, près d'un ruisseau traversé par un pont de bois; au second plan, une maison de paysan.

Toile. Haut., 30 cent.; larg., 24 cent.

VAN LOO

CÉSAR

190 — *Le Château de Moncaliéri.*

Une charrette chargée de volumineux paquets franchit la porte d'entrée, suivie de quelques villageois; à droite, de grands arbres dépouillés de leurs feuilles; vers le fond, des coteaux couverts de neige.

Toile. Haut., 60 cent.; larg., 88 cent.

VAN POL

CHRÉTIEN

Né à Berkenrode en 1752, mort à Paris en 1813.

191 — *Fleurs dans un vase de marbre.*

Des roses, des jacinthes, des oreilles-d'ours, des anémones, une branche de capucines, des fleurs de pavots, etc., dans un vase posé sur une console de marbre.

Signé.

Toile. Haut., 45 cent.; larg., 37 cent.

VERNET

(JOSEPH)

Né à Avignon en 1714, mort en 1789.

192 — *Rochers et cascades*.

Un temple en ruine est élevé au sommet d'un rocher qu'entoure un torrent entraînant les arbres déracinés au premier plan ; sur la pointe d'un rocher, deux pêcheurs, la ligne à la main ; près d'eux, une femme assise raccommodant un filet ; vers le fond, à droite, une ville au bord d'une rivière que traverse un pont.

Ce tableau, signé et daté 1758, provient de la collection de madame Lætitia, mère de l'empereur Napoléon Ier, et, en dernier lieu, de celle de lord Schrewsbury, à Alton Toway.

Toile. Haut., 62 cent.; larg., 80 cent.

VERNET

(JOSEPH)

193 — *Vue du port d'Anzio, au soleil couchant*.

Des pêcheurs, se disposant à partir, hissent la voile de leur bateau ; vers la gauche, différents personnages attendent sur le quai où sont déposés des ballots de marchandises.

Au second plan, les ouvriers du port chargent un navire arrêté au bord de la jetée ; à droite, quelques arbres s'élèvent au-dessus d'une terrasse, se détachant sur un ciel lumineux qu'éclaire le soleil couchant.

Ce tableau est signé, et daté de Rome 1756.

Toile. Haut., 73 cent.; larg., 98 cent.

VESTIER

(ANTOINE)

Né à Avallon en 17.., mort après 1804.

194 — *Portrait de jeune fille*.

En buste, abondante chevelure blonde, en partie cachée par un chapeau rond avec ruban violet, fichu gris croisé sur la poitrine.

Toile cintrée du haut. Haut., 55 cent.; larg., 45 cent.

VESTIER

(ANTOINE)

195 — *La Princesse de Lamballe représentée en prêtresse du Soleil.*

Elle est debout dans un temple, auprès de l'autel où brûle le feu sacré, la main gauche appuyée sur un vase d'or.

Toile. Haut., 51 cent.; larg., 37 cent.

VIEN

(JOSEPH-MARIE)

Né à Montpellier en 1716, mort en 1809.

196 — *L'Autel de Bacchus.*

Deux bacchantes viennent faire une offrande: l'une, debout, tient un tambour de basque; l'autre, couchée au pied de l'autel, a près d'elle un panier de raisins.

Gravé par Glairon Mondet.

Toile. Haut., 90 cent.; larg., 68 cent.

VILLEBOIS

xviiie siècle.

197 — *Une Mère et ses enfants.*

Assise sur une terrasse, vêtue d'une robe blanche en partie cachée par un ample pardessus en soie rose, un fichu de dentelle noire sur les épaules; à sa gauche, une petite fillette, tenant une poupée, s'appuie sur les genoux de sa mère; à sa droite, une seconde fillette, vêtue d'une robe bleue, tenant un tambourin et montrant un de ses joujoux; un panier à ouvrage est posé sur une console sculptée et dorée. Fond de parc.

Les œuvres de ce peintre sont très rares. Ce spécimen charmant est d'une fraîcheur de tons remarquable.

Signé en toutes lettres et daté 1745.

Toile. Haut., 44 cent.; larg., 36 cent.

VITELLI

(GASPARD VAN WITTEL, dit)

1647-1736.

198 — *Vue du Forum romain au commencement du XVIIIᵉ siècle.*

Vers le fond, le Capitole; à gauche, le temple de la Concorde; à droite,
l'arc de Septime Sévère, à moitié enfoui dans le sol, et l'église Saint-Luc.
Signé.

Toile. Haut., 45 cent.; larg., 108 millim.

VITELLI

(GASPARD VAN WITTEL, dit)

**199 — *Vue de Rome au commencement du XVIIIᵉ siècle, prise
par la porte du Peuple.***

A gauche, l'église de Santa Maria del Popolo et les bosquets du Pincio; au
milieu, l'obélisque et l'entrée des trois rues del Babouino, du Corso et de
Ripetta; à droite, les maisons des loueurs de voitures.
Signé des initiales.

Toile. Haut., 34 cent.; larg., 60 cent.

VLEUGELS

(NICOLAS)

Né à Paris en 1664, mort en 1732.

200 — *Dames maltaises.*

Vêtues de noir, un voile sur la tête, elles se promènent sur le port; l'une,
montrant un billet, paraît faire une confidence à sa compagne.

Toile. Haut., 24 cent.; larg., 19 cent.

VLEUGELS

(NICOLAS)

201 — *Femme maltaise.*

Debout, sur un port de mer, elle porte un élégant costume de soie noire et tient un éventail; un chien blanc est auprès d'elle. Dans le fond, quelques personnages. On aperçoit les mâts des bateaux attendant dans le port.

Toile. Haut., 27 cent.; larg., 20 cent.

VLEUGELS

(NICOLAS

202 — *Fille de Rome, dotée pour être mariée ou religieuse.*

Drapée dans un ample manteau blanc qui cache sa figure, elle marche vers la droite, tenant son chapelet.

Gravé sous ce titre par Jeaurat.

Toile. Haut., 26 cent.; larg., 20 cent.

VLEUGELS

(NICOLAS

(PENDANT DU PRÉCÉDENT)

203 — *Jeune Vénitienne.*

Elle est debout, sur le port, la tête couverte d'une mantille noire; au second plan, la mer et un bateau marchand.

Toile. Haut., 26 cent.; larg., 20 cent.

VOUET

(SIMON

Né à Paris en 1590, mort dans la même ville en 1649.

204 — *La Toilette de Vénus.*

La déesse assise sur un lit de repos se regarde dans un miroir que portent trois petits amours; deux suivantes s'occupent à sa toilette; à gauche, ses deux colombes; à droite, un vase d'or orné de bas-reliefs.

Toile. Haut., 1 m. 60 cent.; larg., 1 m. 14 cent.

WATTEAU

(ANTOINE)

Né à Valenciennes en 1684, mort à Nogent en 1721.

205 — *Le Glorieux.*

Debout et fièrement drapé dans sa cape jaune à petites raies, le poing sur la hanche; à sa gauche, deux femmes assises et une fillette tenant un chien.

Gravé au trait dans le recueil publié par Caylus sous le titre : « Suite de figures inventées par Watteau et gravées par son ami C. »

Toile. Haut., 30 cent.; larg., 35 cent.

WATTEAU

(ANTOINE)

206 — *Mezzetin berger.*

Couché au pied d'un arbre, vu de face, habit violacé; une houlette à la main, il garde des moutons.

Bois. Haut., 12 cent.; larg., 23 cent.

WATTEAU

(ANTOINE)

(PENDANT DU PRÉCÉDENT)

207 — *Scapin berger.*

Couché sur le flanc, vêtu de noir, il tient un bâton de berger et garde des vaches que l'on aperçoit au second plan.

Bois. Haut., 12 cent.; larg., 23 cent.

WATTEAU

(ANTOINE)

208 — *La Fileuse.*

Elle est debout, dans un paysage, tenant sa quenouille et son fuseau, coiffée d'un bonnet blanc à larges brides, couvrant les épaules, veston rouge et jupe bleue.

Toile. Haut., 30 cent.; larg., 22 cent.

WATTEAU

(D'après ANTOINE)

209 — *Le Camp.*

Des soldats ont fait halte auprès de la lisière d'un bois; les uns jouent aux cartes, les autres causent ou se chauffent autour d'un feu sur lequel une marmite est suspendue.

Toile. Haut., 25 cent.; larg., 33 cent.

SCULPTURES EN MARBRE

210 — MARBRE BLANC. — Statuette de Cérès debout et drapée. Attribuée à Pajou.

Haut., 75 cent.

211 — MARBRE BLANC. — Statuette d'Apollon debout, d'après l'antique. Avec socle en marbre bleu turquin.

Hauteur totale, 87 cent.

212 — MARBRE BLANC. — Buste grandeur nature, de Gabriel, architecte du Roi. Travail du temps.

Haut., 75 cent.

213 — MARBRE BLANC. — Bas-relief cintré à sa partie supérieure. —Jeune garçon nu, s'appuyant sur un piédestal. Travail du xvii² siècle. Collection Saint-Rémy.

Hauteur sans l'encadrement, 25 cent ; larg., 16 cent.

214 — MARBRE BLANC. — Bas-relief rectangulaire. Hercule nu, a demi couché, s'appuyant sur la peau du lion et tenant sa massue. xviii² siècle. Cadre en bois sculpté et doré.

Hauteur du cadre, 55 cent ; larg., 62 cent.

215 — MARBRE BLANC. — Buste de Mlle Carlier, couronnée de roses, par Clésinger.

Haut., 77 cent.

216 — MARBRE BLANC. — Buste de Henri IV enfant.

Hauteur, y compris le piédouche, 25 cent.

217 — MARBRE BLANC. — Statuette d'Amour debout. xviii² siècle.

Haut., 55 cent.

218 — MARBRE BLANC. — Femme nue, couchée sur un lit de repos et tenant une coquille. xviii² siècle. Collection du marquis d'Aligre.

Haut., 41 cent.; larg., 83 cent.

TERRES CUITES

219 — Terre cuite. — Deux statuettes du temps de Louis XV : L'Hiver et l'Été, figurés par deux femmes debout et drapées portant chacune une corne d'abondance d'où s'échappent des flammes et des épis de blé.

Haut., 43 cent.

220 — Terre cuite. — Groupe. La Vierge assise sur un lit de repos, tenant l'Enfant Jésus devant elle. Signé *Lemoine*.

Haut., 42 cent.; larg., 50 cent.

221 — Terre cuite. — Groupe. L'Amour domptant la Force, par *Boizot*.

Haut., 40 cent.

222 — Terre cuite. — Buste de *F. Quesnay*. Signé : *Ludovicus Vassé fecit, anno 1769*.

Haut., 38 cent.

BRONZES

223 — Deux statuettes de femmes en bronze, patine brune, debout sur des colonnes en marbre vert de mer, avec chapiteaux et embases en bronze ciselé et doré. Ces colonnes reposent sur des socles en marbre brocatelle d'Espagne. xviiie siècle.

Hauteur totale, 1 m. 3 cent.

224 — Statuette équestre de Louis XIV, en bronze, patine verdâtre. Travail du xviiie siècle ; sur socle en bois noir incrusté de filets de cuivre.

Hauteur totale, 96 cent.

225 — Grande pendule en bronze doré, surmontée de deux figures en bronze rougeâtre, reproduction de celles qui décorent le tombeau de Laurent de Médicis, à Florence : le Jour et la Nuit, par Michel-Ange.

Haut., 80 cent.; larg., 1 m.

226 — Deux lampes formées de bouteilles en bronze rougeâtre garnies de montures en bronze ciselé et doré.

Haut., 55 cent.

PARIS. — IMPRIMERIE DE L'ART

E. MÉNARD ET J. AUGRY, 41, RUE DE LA VICTOIRE

www.ingramcontent.com/pod-product-compliance
Ingram Content Group UK Ltd.
Pitfield, Milton Keynes, MK11 3LW, UK
UKHW031830170726
13836UKWH00004B/1600